ÉTAT D'ÂME

MISTER MAI

J. KENNER

AUTEURE DE BEST-SELLERS CLASSÉS AU NEW YORK TIMES

T'enflammer

T'envoûter

L'HOMME DU MOIS

Qui sera votre Homme du mois ?

Lorsqu'un groupe d'amis à la détermination farouche apprend que son bar préféré risque de fermer ses portes, ils prennent les choses en mains pour faire revenir les clients séduits par la concurrence. Investis d'une énergie vibrante, ils ripostent sous la forme d'épaules larges, de tablettes de chocolat et de torses nus : ceux d'une douzaine d'hommes du coin qu'ils tentent de convaincre, par la douceur et par la force, de participer au concours de l'Homme du mois pour leur grand calendrier.

Mais le sort de leur bar n'est pas le seul enjeu. Au fur et à mesure que la température monte, chacun des hommes va rencontrer sa moitié dans cette série de douze romances sexy et légères que vous ne pourrez pas lâcher jusqu'à la dernière page, sous la

plume de J. Kenner, auteure de best-sellers classés
par le New York Times.

*— Chacun de ces tomes aborde une intrigue qu'on
adore retrouver dans les romances – la belle et la bête,
le bad boy milliardaire, l'amitié transformée en
amour, l'histoire de la seconde chance, le bébé secret et
bien plus encore – pour une série qui touche au cœur
et à l'âme de la romance.* — Carly Phillips, auteure de
best-sellers classés par le New York Times

Ne manquez aucun tome de la série pour savoir à
quel homme du mois ira votre préférence !

Droit au cœur - Mister Janvier

Vague à l'âme - Mister Février

Raison d'être - Mister Mars

Coup de sang - Mister Avril

État d'âme - Mister Mai

Droit au but - Mister Juin

Au beau fixe - Mister Juillet

Diable au corps - Mister Août

Cri du cœur - Mister Septembre

Corps à corps - Mister Octobre

État d'esprit - Mister Novembre

Force d'âme... - Mister Décembre

**Chaque tome de la série est un roman
indépendant qui ne laisse pas le lecteur
sur sa faim et se termine toujours bien !**

ÉTAT D'ÂME

Traduit de l'anglais par Esther Dujolierpour
Valentin Translation

UN

Tyree Johnson frappa le moniteur de son ordinateur bas de gamme et lança un regard noir aux lignes ondulées qui dansaient sur l'écran. Il se leva pour que son large corps surplombe la machine qui refusait de coopérer. Puis, il plissa les yeux et pointa un doigt sévère vers elle en songeant qu'elle finirait bientôt dans une décharge.

— Dernier avertissement. Tu penses vraiment que je ne peux pas avoir un ordinateur tout neuf ici dans l'heure ? Regarde-moi bien faire.

Il entendit un ricanement et leva les yeux. Deux femmes se tenaient dans l'embrasure de la porte de son petit bureau encombré situé dans l'arrière-boutique de son bar, *Le Fix*.

— Vous riez, mais j'étais un Marine. Je sais comment gérer les fainéants. Il y a toujours de la vie dans ce tas de ferraille. Il est seulement obstiné.

— Tu es sûr que ce n'est pas parce que tu ne veux pas dépenser ? demanda Jenna Montgomery, ses yeux verts brillant de malice.

Ses cheveux roux lui arrivaient à la hauteur des épaules et avaient été rassemblés en une queue de cheval. Cette coiffure semblait rendre encore plus proéminentes les taches de rousseur qui parsemaient sa peau pâle.

En la voyant, Tyree se souvint que *Le Fix* n'était plus seulement à lui maintenant et qu'il avait désormais trois partenaires. C'était une bonne chose. Il y a quelques mois, sa tension artérielle avait drastiquement augmenté, mais il ne pouvait s'empêcher de s'inquiéter pour son bar bien-aimé. Et lorsqu'il avait reçu une facture importante qu'il n'avait alors pas les moyens d'honorer, son cœur avait bien failli le lâcher.

Puis, Jenna Montgomery, Reece Walker et Brent Sinclair s'étaient présentés devant lui, non seulement pour l'aider à payer la note, mais pour travailler à ses côtés dans le but de s'assurer que *Le Fix* reviendrait de manière définitive dans le vert et sur le devant de la scène avant la fin de l'année. C'était en fait la condition que Tyree avait imposée quand il avait accepté de s'associer avec ces trois nouveaux partenaires. Si *Le Fix* ne générait pas suffisamment de profits avant la fin de l'année, il le mettrait en vente et ils se partageraient la somme récoltée. Mais il était hors de question que Tyree jette de l'argent si dure-

ment gagné par les fenêtres après un mauvais investissement.

Il espérait de tout son cœur qu'ils n'en arrive-
raient pas là. Il aimait beaucoup trop cet endroit,
avec ses murs épais en calcaire et son comptoir en
chêne étincelant.

Il avait acheté cette propriété au coin de la
6e Rue à Austin six ans auparavant après être
parvenu à sortir de la dépression et mettre de côté sa
douleur. *Le Fix* n'était pas seulement son lieu de
travail et son gagne-pain. C'était aussi sa vie, sa résur-
rection. Un endroit qu'il s'était approprié au prix de
nombreux efforts. Il aimait l'entreprise qu'il avait
bâtie, ce rêve qui l'avait fait revivre après la tragédie
qui l'avait mis à genoux.

Mais ce rêve n'avait pas uniquement été le sien,
puisqu'il l'avait partagé avec sa femme, qui reposait
désormais en paix. Quelle ironie après des années
d'économies ! Il avait seulement pu s'offrir cet endroit
après le décès de Teiko… et grâce aux indemnisations
qu'il avait reçues de son assurance-vie.

Il avait troqué un amour pour un autre, mais il ne
se passait pas un seul jour sans qu'il ne songe qu'il
brûlerait cet établissement avec enthousiasme si cela
lui permettait de passer un jour supplémentaire avec
la femme dont la mort avait créé un trou dans son
cœur.

Cependant, il était conscient que cela lui était
impossible. Alors il avait opté pour la seconde

meilleure solution : travailler d'arrache-pied pour améliorer *Le Fix*, attirer davantage de clients que le jour précédent et vendre toujours plus de plats et de verres. Il avait juré fidélité à cet endroit qui représentait pour lui l'un de leurs plus grands rêves et était ainsi prêt à tous les sacrifices pour garder les portes de son bar ouvertes.

Et si cela signifiait se battre contre un vieil ordinateur, alors c'était ce qu'il allait faire.

Il offrit un grand sourire à Jenna, puis jeta un œil à son ordinateur sur lequel venait de s'afficher la feuille de calcul qu'il vérifiait avant que ses deux visiteuses n'arrivent. L'écran apparaissait désormais lumineux et innocent, comme si aucun problème n'était jamais survenu.

— Tu crois ? Allons, tu vois bien que tout va bien.

Jenna échangea un regard amusé avec Megan Clark avant que toutes les deux ne pénètrent dans le bureau.

Cette dernière passa une longue mèche de cheveux noirs derrière l'une de ses oreilles, puis remonta ses lunettes en forme d'œil de chat sur son nez. Ces deux gestes ressemblaient étrangement à des tics nerveux, ce qui ne semblait pas faire partie du caractère de cette femme qu'il avait récemment embauchée en tant que barman le vendredi, coursière, bonne à tout faire et assistante. Pour faire simple, elle était une employée assez polyvalente. En revanche, avant qu'il ne puisse lui demander le motif de leur présence, Megan haussa les épaules et expliqua succinctement :

— Allergie d'Austin. Je ne porte pas de lunettes habituellement, mais mes lentilles me rendent folle.

Il hocha la tête en comprenant qu'elle avait mal interprété son regard interrogateur. Avant qu'il ne puisse préciser ses pensées, Jenna intervint :

— Merci de nous recevoir, déclara-t-elle en se laissant tomber sur l'une des chaises destinées aux personnes qu'ils recevaient occasionnellement dans son bureau pendant que Megan restait quant à elle debout et s'appuyait contre le mur en calcaire. Je sais que les réunions avant l'ouverture du bar sont plus pratiques, mais j'avais un rendez-vous chez le médecin ce matin.

— Tout va bien ? s'enquit-il.

Il s'obligea à ne pas froncer les sourcils d'inquiétude et s'installa derrière son secrétaire. Il avait remarqué que ses joues s'étaient un peu creusées et qu'elle avait perdu quelques kilos. Même si sa peau lui apparaissait désormais presque rose, elle semblait être en assez bonne santé dans l'ensemble. Cependant, Jenna était déjà très maigre et si jamais elle perdait trop de poids...

— Pardon ? Oh ! Bien sûr, répondit-elle tandis qu'une légère rougeur s'étendait sur ses joues. Je suis seulement un peu nauséeuse, mais je suis certaine que ça va passer.

— Hmm, fit-il, l'air pensif.

Il l'examina attentivement, l'esprit en ébullition.

— Évite de contaminer Reece, reprit-il.

À la mention de Reece Walker, elle s'empourpra davantage. Reece et Jenna s'étaient fiancés récemment. Et maintenant qu'il y songeait, Tyree se rappela que les nausées avaient mis Teiko sur les rotules quand elle était enceinte de leur fils. Il ne put alors s'empêcher de se demander si l'avenir de Reece et Jenna ne se résumait qu'aux cloches du mariage. Peut-être leur couple s'agrandirait-il bientôt en accueillant près de trois ou quatre kilos d'amour supplémentaire.

Jenna s'éclaircit la gorge et sortit un calepin de son sac.

— Nous avons une longue liste de choses à voir ensemble, mais puisque nous sommes venues sur les horaires de travail, Megan et moi avons pensé que nous devrions seulement nous concentrer sur les sujets principaux aujourd'hui.

Elle fit un geste en direction de Megan qui hocha la tête, puis la secoua.

— Je suis désolée. Je sais que nous devons parler du concours de *L'Homme du mois* et du livre de cuisine, mais j'ai quelque chose à dire d'abord.

Elle lança un regard d'excuse à Jenna qui se contenta de lever les yeux au ciel.

— Jenna m'a dit que ce n'était pas nécessaire, mais je voulais de nouveau te faire savoir combien je te suis reconnaissante de m'avoir donné ce poste. Ce n'est pas comme si tu avais vraiment besoin d'une maquilleuse dans un bar, mais ça m'aide beaucoup. J'ai eu très peu de boulots correspondant à mes compétences depuis que j'ai déménagé à Austin, mais je sais que c'est de ma faute puisque je suis venue sur un coup de tête. Avant que je ne te rencontre, l'argent commençait à se faire rare pour moi.

— Megan, allez, l'arrêta Jenna. Tu sais, tu n'as pas à le remercier.

L'attention de Megan resta tournée vers Tyree.

— Je sais que tu travaillais sur les comptes à l'instant, et je sais également que *Le Fix* fait tout ce qu'il peut pour augmenter ses revenus. Je ne souhaite pas représenter une perte d'argent pour toi. Je ne me sentirais pas bien d'avoir accepté ce travail si cela devenait un problème pour toi en fin de compte.

Tyree hocha lentement la tête.

— Je comprends. Tu nous as rejoints officiellement depuis combien de temps ? Quatre jours ?

Quand elle confirma, il poursuivit :

— Pendant ce laps de temps, tu as joué le rôle d'hôtesse, tu as aidé derrière le bar, travaillé avec Jenna sur les problèmes de son calendrier dont je vais bientôt entendre parler, tu t'es rendue au magasin Costco pour chercher des fournitures, tu as donné un coup de main dans les cuisines et tu as passé près d'une heure au téléphone avec un technicien-chauffagiste. Sans toi, nous aurions peut-être été obligés de fermer. Imagine si nous n'avions pas d'air conditionné pendant l'été à Austin ? Tu as pensé à toutes ces personnes en sueur qui cherchent la chaleur dans les bars à cette période de l'année ? Personne ne viendrait dans le nôtre.

— C'est vrai, concéda Megan. C'est seulement que je...

— N'as-tu pas également fait le maquillage de Brooke avant qu'elle aille devant les caméras ?

Il faisait référence à l'une des deux stars de *Réno Boutique,* l'émission de télé-réalité qui faisait une rénovation complète de l'intérieur du bar et dont les caméras étaient en permanence allumées dans l'enceinte du *Fix.*

— Oui, admit-elle alors que Jenna croisait les bras sur sa poitrine d'un air suffisant.

— Je dirais que tu fais ta part, Megan, continua Tyree. Et je suis heureux d'avoir pu t'offrir du travail supplémentaire quand tu en cherchais.

Il pensait ce qu'il disait. Il ne connaissait pas les raisons qui avaient poussé Megan à quitter sa carrière palpitante de maquilleuse à Los Angeles pour déménager à Austin, mais il savait que c'était l'impulsion du moment qui l'avait poussée à changer de vie. Il était aussi conscient qu'un homme, qu'elle voulait certainement éviter, était peut-être à l'origine de sa décision.

Il détestait l'idée que son fils Eli puisse un jour se retrouver dans une ville étrangère sans travail ou sans ami pour l'aider. Cette pensée l'affectait doublement quand il imaginait qu'Eli aurait pu être une fille au lieu d'un homme. Peut-être Tyree était-il vieux jeu, mais c'était ainsi qu'il fonctionnait.

— Tu penses que c'est équitable ? la questionna-t-il, son attention étant encore concentrée sur elle.

— Oui, tout à fait, convint-elle.

Son expression était devenue ferme et sérieuse, mais il remarqua que ses yeux brillaient de reconnaissance et de bonheur derrière ses lunettes.

— Dans ce cas, parlons de ce calendrier. Je te jure, Jenna, je n'ai jamais pensé que mon travail consisterait un jour à regarder des messieurs-muscles sans chemise.

Elle adopta une expression innocente et lui fit un clin d'œil.

— Cela ne faisait pas partie de ton entraînement de Marine.

— Ce n'est pas bien de se moquer, jeune fille, rétorqua-t-il en riant légèrement.

— Eh bien, sache que tu es tiré d'affaire aujourd'-hui, parce que nous avons un problème. J'espérais avoir quelques épreuves à te montrer, quelques photos de Reece pour avoir une idée de la lumière et des poses avant de prévoir la séance photo pour Messieurs Janvier à Mars. Cependant, le photographe que nous avions sélectionné vient de nous être volé par un magazine de mode et a tout plaqué pour déménager à Milan.

— C'est bien dommage.

Jenna se renfrogna.

— Il était supposé être bon. Maintenant, il est parti. Alors Megan et moi faisons des entretiens pour trouver un remplaçant et nous croulons sous les porte-folios. Heureusement, je peux facilement faire attendre les mecs et je ne pense pas que reprogrammer soit un problème. Bien sûr, Megan pourra s'occuper du maquillage, nous n'aurons donc pas à nous inquiéter pour ce point. Et d'ici à ce que nous jetions notre dévolu sur quelqu'un d'autre, nous pourrons certainement inclure Messieurs Avril et Mai dans la même séance.

— Nous voulons envoyer les clichés au designer le plus tôt possible pour que le calendrier soit terminé à la fin du mois d'octobre, ajouta Megan. Nous voulons aussi que les photos aient une continuité. Comme les écrivains, les photographes ont une voix. Nous ne voulons pas embaucher une personne qui va nous abandonner au milieu du projet. Nous allons poursuivre les concours jusqu'au début du mois d'octobre, c'est bien ça ?

Megan s'était à la fin tournée vers Jenna qui acquiesça.

— C'est le meilleur moyen de continuer à susciter l'intérêt des personnes qui passeront la porte du bar. Nous cherchons surtout une personne qui pourrait photographier et les hommes et la nourriture. Si nous pouvions utiliser le même photographe pour le livre de cuisine, ça serait top. Tu travailles sur les recettes, non ?

Elle pencha la tête sur le côté et lui lança un regard interrogateur qui lui rappela Mme Thibodeaux, sa professeure de CM1 à La Nouvelle-Orléans.

— J'en ai un paquet dans ce truc bon pour la casse, confirma-t-il en tapotant affectueusement l'ordinateur.

Jenna hocha la tête d'un air satisfait en semblant cocher une case dans sa liste mentale de choses à faire, puis poursuivit :

— Tu es désormais au courant de l'avancement du calendrier. En attendant, Megan et moi pensons que nous devons donner un coup de pied dans le fonds de commerce du concours.

Tyree haussa les sourcils.

— L'investissement ?

— Les pectoraux, les abdos, les torses… Tu vois ce que je veux dire. Les raisons qui font venir les femmes les mercredis toutes les deux semaines.

— Nous aimerions faire venir de nouveaux hommes, expliqua Jenna probablement en réponse à son air confus. Nous entendons par là des personnes très en vue. Nolan est un bon départ, mais nous voulons aller plus loin.

Nolan Wood était un animateur radio qui occupait l'antenne locale de la station K-I-K-X aux heures de pointe matinales. Il participerait au concours et monterait sur la scène dans deux jours en tant que prétendant au titre de Mister Avril.

— Tu as une idée d'où nous pourrions trouver ces merveilleux modèles de virilité ?

Les lèvres de Jenna frémirent.

— Je pense que tu devrais participer. Megan est d'accord.

Sa compagne acquiesça. Tyree croisa les bras sur son torse massif, s'enfonça dans sa chaise et secoua la tête.

— J'aurai quarante-six ans dans quelques mois. Je ne suis peut-être pas trop vieux pour soutenir cette merde, mais je le suis pour y participer.

Les deux femmes échangèrent un regard.

— Le point de vue féminin tend à être différent, mais nous pourrons en reparler plus tard. Le problème est que nous devons trouver des hommes influents et sexy qui accepteraient de participer. Megan a quelques idées d'hommes d'affaires qu'elle pourrait approcher. Nous cherchons des types qui portent très bien les costumes. Nous avons aussi pensé qu'un concours de tee-shirt mouillé pourrait être drôle.

Tyree leva les yeux au ciel.

— Seigneur, sauvez-moi des femmes ambitieuses.

— Très drôle, commenta Jenna.

— Sérieusement, Jen, sourit-il, c'est ton concept, ton bébé. Tu peux le gérer comme tu le souhaites et je compte te soutenir quoi que tu fasses. Autre chose ?

— Seulement que nous allons continuer de te harceler pour que tu participes au concours. Tu as des pecs impressionnants, boss, et les épaules les plus larges que j'ai vues de toute ma vie. En plus, tu es presque aussi sexy que Reece, le taquina-t-elle.

Elle quitta sa chaise tandis qu'il secouait la tête et gloussait.

— Nous allons finir par t'avoir, promit Megan.

Mais peut-être était-ce plutôt une menace.

— Et un jour, il gèlera en enfer, répliqua-t-il. Ce qui ne veut pas dire que nous serons là pour le voir.

Elle rit et les deux compères sortirent du bureau tandis que Tyree continuait de secouer la tête en souriant.

Puisqu'il avait réussi à effrayer son ordinateur et que celui-ci fonctionnait désormais normalement, il se pencha sur ses comptes. Non seulement la visite de ses deux employées avait réussi à améliorer son humeur, mais il constata également sur son écran une augmentation constante des revenus de son bar, ce qui était une excellente nouvelle.

Il éteignit la machine avant qu'elle fasse à nouveau des siennes, puis se dirigea vers la cuisine pour s'assurer que son équipe ne rencontrait aucun problème et n'avait pas pris de retard sur la préparation des plats qu'ils serviraient pour le déjeuner.

Pendant les quatre premières années d'existence

du *Fix*, Tyree s'était occupé lui-même de la cuisine. Après de multiples tentatives, il avait réussi à imaginer et créer un menu qu'il estimait être parfait. À cause de la concurrence grandissante des autres établissements qui s'étaient installés sur la 6e Rue, le cœur touristique et universitaire d'Austin, il avait pris la décision de ne pas être l'un de ces propriétaires fantômes qui se cachaient dans des bureaux. Non, lui souhaitait connaître ses clients, être au plus près d'eux, et avoir une présence au sein de son bar. Cette impression de chez soi qu'éprouvaient les clients dans un petit bar local et chaleureux était une chose qu'une franchise était dans l'incapacité de copier.

Depuis que Jenna s'était jointe à l'équipe en tant que gourou du marketing, elle avait appuyé sa décision. Bien que cela manque à Tyree d'être en cuisine à tenter de reproduire et faire connaître les saveurs du sud qui avaient bercé toute son enfance, il ne pouvait nier le fait qu'il aimait le sentiment d'être au centre de la vie du *Fix*.

— Easton, s'exclama Tyree en donnant une tape dans le dos de l'avocat de leur quartier en faisant un signe de tête vers la bière qui était posée devant lui. Je suppose que tu ne vas pas travailler cet après-midi.

— C'est exact. Je vais retourner au bureau, où mes auxiliaires juridiques vont me faire crouler sous les dossiers, puis je devrai prendre un taxi pour me rendre à l'aéroport. Trois jours de déposition à Lansing. Ça va être dur.

— Au moins, tu n'auras pas à trouver une excuse à servir à Megan pour ne pas participer au concours pour Mister Avril ou Mister Mai.

Les yeux d'Easton s'agrandirent.

— Elle est déchaînée ?

— Méfie-toi, mon ami, répliqua Tyree en riant sous cape.

Puis, il longea le comptoir pour saluer d'autres clients et en profita pour dire quelques mots à Éric, le barman qui travaillait pendant l'heure du déjeuner. Il se pencha en avant pour lui demander s'il pouvait effectuer des heures supplémentaires quand quelque chose, ou plutôt quelqu'un, attira son regard.

Ce n'était qu'une impression, une sensation de familiarité étrange et déconcertante. Il n'avait même pas regardé en direction de la porte. Non, la femme qui venait d'entrer se trouvait dans sa vision périphérique.

Mais cela n'avait pas d'importance, puisqu'elle l'attirait inexorablement. Il arrêta ce qu'il était en train de faire, puis se tourna vers l'entrée.

Éva ?

Mais non, c'était absurde. Il soupira. Bien sûr que ce n'était pas Éva. Comment aurait-il pu en être autrement ? Elle était de l'autre côté du pays et cela faisait plus de vingt ans qu'il ne l'avait pas revue. Même si c'était bien elle qui venait de pénétrer dans son bar, ils étaient désormais séparés par le temps et l'espace. Par la douleur et la mort. Par la vie, les rêves, la famille et les pertes.

Le long fleuve de sa vie avait suivi son cours et le courant l'avait emporté loin d'Éva depuis longtemps. La distance qui s'était installée entre les deux anciens amants lui avait été bénéfique. Sans cela, il n'aurait jamais rencontré Teiko, la femme qui avait chamboulé son cœur, la mère de son fils.

Pourtant la personne qui se tenait près de la porte avait retenu son attention.

Ce n'était pas une copie conforme d'Éva ; beaucoup d'aspects physiques les différenciaient. Mais qu'il soit damné s'il n'y avait pas une similitude frappante. Elles avaient toutes deux la même teinte de peau sombre comme le café avec seulement quelques gouttes de crème. Sa bouche lançait de grands sourires francs à chaque personne qu'elle croisait. Ses cheveux étaient coupés court et des boucles avaient astucieusement et délibérément été placées sur son front et devant ses oreilles. Son style élégant et sophistiqué mettait en valeur ses grands yeux et ses hautes pommettes.

Poussé par la curiosité et l'anxiété, Tyree fit un pas en avant, mais Tiffany Russell, l'une de ses meilleures serveuses, lui barra le chemin avec un regard à la fois fatigué et incertain.

— Tiffany ? Qu'est-ce qui se passe ?

— J'ai besoin... commença-t-elle en un murmure.

Oh, puis merde. Est-ce que je peux te parler ? Peut-être dans l'arrière-boutique ?

Le Fix comportait deux salles. La première, à l'avant, était vaste et proposait de nombreuses places assises en plus d'une scène qui accueillait régulièrement des groupes locaux. La seconde était plus petite avec seulement quelques tables et octroyait une ambiance plus intime. Puisqu'elle était clairement agitée, il décida de la suivre à l'arrière de l'établissement. Son inquiétude augmenta au fur et à mesure de ses pas.

— Qu'est-ce qui se passe ? questionna-t-il dès qu'ils atteignirent la fenêtre au fond du bar.

Ils étaient désormais hors d'atteinte des oreilles des clients, la plupart d'entre eux étant assis sur des tabourets devant le comptoir au bois poli et bavardant avec Lori, l'un des barmans qui travaillaient le matin au *Fix*.

— Je pensais que tu devrais savoir que Steven Kane... Tu le connais, non ? Le manager du *Déliss* ?

Tyree hocha la tête et elle continua :

— Il m'a prise à part au Starbucks l'autre jour et nous avons commencé à discuter. Il m'a demandé comment se passait le travail ici, si j'étais assez bien payée et combien on faisait payer l'entrée les soirs du concours de *L'Homme du mois*.

Tyree ne répondit rien, trop occupé à fulminer intérieurement. Il n'était pas en colère parce que le *Déliss*, l'un des bars franchisés qui s'étaient installés en ville et proposaient des verres d'alcool allongés à l'eau à un dollar, posait des questions sur la concurrence et les revenus. Non, ce qui mettait Tyree hors de lui était qu'ils essayaient de débaucher ses employés.

— Je ne lui ai rien dit, précisa Tiffany, un peu surprise par le silence de son patron. Et honnêtement, je me fiche du montant de ma paie. J'aime travailler ici et au moins, je ne suis pas obligée de m'habiller comme une prostituée pour obtenir de meilleurs pourboires.

Il gloussa et elle fronça les sourcils.

— Par contre, s'il te plaît, ne baisse pas mon salaire d'un dollar.

— Je ne le ferai pas, la rassura Tyree. Et j'apprécie ta loyauté.

Il était sincère, même s'il la soupçonnait d'être davantage loyale à son attirance pour Éric – qui n'était plus un secret pour personne – qu'envers lui.

— Cela me fait chaud au cœur. Toutefois, je ne t'ai pas encore dit le plus important.

Elle se rapprocha de lui, comme si elle craignait que ses collègues écoutent de manière indiscrète leur conversation.

— J'ai de sérieuses raisons de croire qu'ils ont également abordé Aly et je sais qu'elle a des problèmes d'argent en ce moment. Je pense qu'elle va nous lâcher.

Merde.

Aly était une serveuse que Tyree avait récemment formée et promue au poste de barmaid. Que ce Steven Kane soit maudit s'il la débauchait.

— Je n'en suis pas certaine, souligna Tiffany. Je pensais seulement que tu devrais...

Puisqu'elle semblait sur le point d'éclater en sanglots, et que Tyree ne pouvait pas supporter davantage de larmes aujourd'hui, il posa une main ferme sur son épaule.

— Ce n'est pas grave. Occupe-toi des clients et laisse-moi m'inquiéter pour cela, d'accord ?

Elle hocha la tête, inspira pour reprendre le contrôle d'elle-même, et tourna les talons.

— Et, Tiffany ?

Elle regarda par-dessus son épaule.

— Tu as bien fait de me le dire.

Il lut du soulagement sur son visage et en ressentit lui-même également. Il avait accompli une bonne action aujourd'hui. S'il tuait Kane, cela effacerait-il son bon karma ? Il se renfrogna et chassa cette sombre pensée de son esprit, aussi tentante fût-elle. C'était probablement mieux de laisser ce connard respirer, mais il s'en était fallu de peu qu'il en décide autrement.

Alors qu'il revenait sur ses pas, il se surprit à parcourir la salle du regard à la recherche de la femme qui ressemblait tant à Éva. Mais elle avait disparu. Il soupira et se dirigea alors vers l'arrière du *Fix*, ne parvenant pas à dissiper le nuage de déception qui planait au-dessus de son cœur.

De retour à son bureau, il essaya de se concentrer sur les tâches banales qui requerraient son attention, mais n'y parvint pas. Ses yeux ne pouvaient se détacher de la photo encadrée qui surplombait son poste de travail ; une photo stupide d'Elijah qui faisait l'imbécile près de Teiko dans l'arrière-cour de leur maison.

Tyree se rappelait cet instant. Ce jour-là, il était sur leur balcon en train de se battre avec la caméra et quand il avait enfin trouvé les bons réglages, il l'avait appelée. Elle avait regardé vers lui, ses bras entourant le jeune garçon qui se tortillait pour échapper à son étreinte et les yeux remplis de tellement d'amour qu'il s'était presque figé au lieu d'appuyer sur le bouton.

C'était l'une des dernières photos qu'il avait prises d'elle.

Sa poitrine se serra quand le souvenir le submergea. Il l'avait tant aimée, et avait tant perdu lorsqu'elle était morte.

Doucement, il caressa du bout des doigts le visage de sa défunte épouse sur l'image.

— Tu me manques, murmura-t-il

Puis, il recula sa chaise pour se lever. Selon l'horloge en forme de bouteille de bière accrochée au mur, il lui restait encore du temps avant l'heure à laquelle il avait prévu de partir. Mais Tyree avait embauché une bonne équipe, du personnel loyal. Il savait que son bar était entre de bonnes mains. Alors il céda à l'appel de sa maison qui était devenu trop fort pour qu'il continue de résister. Il avait besoin de revoir son fils, de l'avoir à ses côtés, et de quelques heures de calme.

Ensuite, demain...

Eh bien, demain arriverait comme il le faisait toujours.

Cette fois, quand Tyree sortit de la zone réservée aux employés pour entrer dans la salle principale, Reece avait pris la relève d'Éric et se trouvait derrière le comptoir. Il lui fit un signe de tête. Le visage du barman afficha une expression légèrement compatissante lorsqu'il remarqua que son ami se dirigeait vers la sortie.

Il avait presque atteint la porte quand Megan se précipita vers lui.

— Salut, déclara-t-elle. Je ne veux pas te retenir, mais je pourrai te voler quelques minutes de ton temps pour te parler demain avant l'ouverture ? Je voudrais seulement revoir quelques...

— Désolée, chérie, la coupa-t-il. Je ne serai pas de retour avant mercredi.

— Oh.

Il comprenait sa surprise. Tyree prenait rarement un jour de congé.

— Où vas-tu ?

— Mercredi, répéta-t-il.

Puis il partit sans se retourner. Toutefois, il entendit Megan demander :

— Où va-t-il ? Il s'absente de la ville ?

Juste avant que la porte du Fix se referme derrière lui, la voix douce et bienveillante de Reece parvint à ses oreilles.

— Il va voir sa femme.

DEUX

Tyree fut réveillé par le son de la pluie qui tombait
sur le toit métallique de sa maison en bois, située à
Wilshire, dans la banlieue d'Austin. Il ouvrit les yeux
et se laissa bercer par le doux clapotis des gouttes.
Cela lui rappelait Teiko. Elle adorait la pluie, cette
sensation que le monde se renfermait autour d'eux et
les obligeait à rester couchés, protégés. Chaque fois
que le temps était maussade, elle se blottissait contre
lui, son corps chaud finissant par le convaincre que la
pluie était en effet une bonne chose. Ils commen-
çaient alors à faire l'amour lentement, presque avec
paresse, jusqu'à ce que la passion s'empare de l'un et
l'autre et les réveille complètement.

Les réveils les plus merveilleux du monde, pensa-
t-il. D'ailleurs, c'était comme cela qu'Eli avait été
conçu. Tyree ressentit une douleur forte à l'évocation

de ces souvenirs – surtout ce jour-là –, mais, dans le même temps, cela le réconfortait.

La pluie était plutôt rare à San Diego et, lorsqu'ils s'étaient installés au Texas durant l'été, Teiko et lui avaient tous deux été charmés par les violents orages qui éclataient si souvent dans la région, apportant une fraîcheur qui permettait de supporter la chaleur écrasante.

Il resta au lit quelques instants de plus, laissant son esprit vagabonder jusqu'à San Diego. Il se surprit alors à repenser à Eva, à leurs promenades sur la plage, les pieds dans l'eau, baignés par les couleurs chaudes du coucher de soleil. Il l'avait aimée, bien que d'un amour différent de celui qu'il avait ressenti pour Teiko, la principale différence étant que sa relation avec Eva avait duré beaucoup moins longtemps.

Malgré tout, et même si, évidemment, cela n'avait rien à voir avec la douleur qu'il avait ressentie à la mort de Teiko, sa rupture avec Eva avait été douloureuse. Encore aujourd'hui, il ne comprenait pas comment cette fille avait pu le perturber à ce point...

Tout ce qu'il savait, c'était que Teiko lui avait permis de guérir de ses blessures. Et il aurait préféré ne pas avoir vu cette jeune femme gracile entrer dans son bar la veille. Il aurait préféré ne pas repenser à Eva. Il aurait préféré ne pas penser à une autre femme que Teiko, surtout ce jour-là.

Il se força alors à chasser Eva de son esprit, et pensa à Eli, lorsqu'il était encore petit. Il se remémora les fois où, par tant d'orage, le petit garçon venait se blottir contre ses parents. Teiko et lui rassuraient alors le petit garçon et, une fois le dernier éclair passé, allaient ouvrir la fenêtre pour laisser entrer dans la maison le parfum de la terre humide et de chlorophylle fraîche.

Souvent, Eli leur demandait d'aller se promener, se précipitant vers ses bottes en caoutchouc bleu, avec cet enthousiasme si particulier des enfants. Une fois dehors, Teiko et lui regardaient leur fils sauter dans les flaques en riant, et courir pour ramasser feuilles, pommes de pin, glands, et écorces, qu'il déposait soigneusement dans un sac en plastique, comme s'il s'agissait du plus précieux des trésors.

— Je t'aime, murmura-t-il à l'attention de Teiko qui – il espérait – l'entendait, d'une manière ou d'une autre, et partageait avec lui le plaisir de ces souvenirs.

Mélancolique, il finit par se lever et se rendit dans la cuisine pour préparer le café. Lorsque la machine se mit à gargouiller et que l'arôme du café emplit la pièce, il se dirigea vers la chambre d'Eli pour le réveiller. Mais, à sa grande surprise, il tomba nez à nez avec son fils qui était déjà prêt, vêtu d'un pantalon en coton beige, d'une chemise habillée parfaitement repassée, et d'un blazer.

— Tu es magnifique, mon fils, lui lança Tyree avec fierté.

Tous deux avaient souffert après la mort de Teiko, et Tyree était d'autant plus heureux de voir son fils devenir un jeune homme si extraordinaire. Chaque fois qu'il le regardait, il voyait en lui le regard, les gestes, et l'intelligence de sa mère.

D'origine japonaise, Teiko était de petite taille, mais avait un esprit vif et une personnalité solaire dont Eli avait hérité, en même temps que de ses yeux et de son teint clair. Et, s'il n'avait pas encore la largeur d'épaules de son père, il faisait en revanche la même taille que lui, et était le plus grand de ses camarades.

En regardant son fils, Tyree ne put s'empêcher de se féliciter du merveilleux travail que Teiko et lui avaient fait.

— Tu ne devrais peut-être pas mettre ton blazer, lui conseilla Tyree. Je crois qu'il va pleuvoir à verse. Et puis, tu sais, maman ne t'en voudra pas d'être habillé décontracté. D'ailleurs, je crois que je vais mettre un jean, un tee-shirt, et un coupe-vent.

— Je préfère rester comme ça, marmonna Eli en haussant les épaules et en fixant le sol. C'est juste que je dois aller à l'hôpital aujourd'hui, reprit-il en relevant les yeux en direction de son père, l'air coupable. On a un cours en laboratoire avec le Dr Hanson.

Tyree regarda son fils avec toujours plus de fierté. Eli, qui ambitionnait d'intégrer la fac de médecine, avait récemment été sélectionné pour participer à un stage d'été à l'hôpital de la ville.

Mais, sa fierté était cependant teintée d'un sentiment de déception tandis qu'il lui sembla comprendre ce qu'Eli voulait dire.

— Tu ne viens pas avec moi ?

Il jeta un coup d'œil à l'horloge. Déjà six heures et quart. Il devait se dépêcher s'il ne voulait pas être en retard.

— Si, répondit rapidement Eli. Je viens. C'est juste qu'après... Je veux dire... Je ne pourrai pas revenir ici avec toi comme nous le faisons d'habitude. À cause du travail, je veux dire, balbutia-t-il en se frottant le sourcil, comme il le faisait chaque fois qu'il était nerveux. C'est ce que maman voudrait, non ? demanda-t-il à son père avec incertitude.

— Évidemment, répondit Tyree, heureux de savoir que son fils l'accompagnerait. Bon, je vais vite m'habiller. Tu nous prépares des tasses de café à emporter pendant ce temps ? lança-t-il à son fils tandis qu'il se dépêchait en direction de sa chambre.

Lorsqu'il revint dans la cuisine, douché et habillé, Eli avait préparé le café et tenait les clés de la voiture de Tyree à la main.

Ils quittèrent leur appartement et prirent la direction du cimetière, qui se trouvait à l'autre bout de la ville. Malgré la circulation dense à cette heure de pointe, ils arrivèrent rapidement sur place.

Lorsqu'ils furent devant la tombe de Teiko, tous deux s'agenouillèrent. On pouvait lire sur le marbre, « *Ici repose Teiko Johnson, notre épouse et mère regrettée* », avec, en dessous, sa date de naissance et de mort. Il y avait sept ans ce jour-là qu'elle avait disparu.

La pluie s'était arrêtée, mais l'air était encore humide et le monde entier semblait teinté de gris.

— Ça va ? demanda Elijah à son père. Tu as l'air pensif. Plus que d'habitude, je veux dire, quand nous venons sur la tombe de maman.

Eva, pensa Tyree. Mais il se contenta de hocher légèrement la tête, puis prit la main de son fils.

— Chut, murmura-t-il. C'est l'heure...

Le cimetière était situé au sommet d'une petite colline, au nord-ouest d'Austin. Tyree et Eli regardèrent en direction de l'est, où le ciel était paré de reflets orangés et dorés, comme si la joie tentait de reprendre le dessus, malgré tout. Les yeux rivés vers l'horizon, ils guettaient le lever du soleil. Au fur et à mesure que l'astre de lumière s'élevait dans le ciel, les couleurs changeaient, le monde s'animait, et le jour finit par reprendre toute sa place.

— Le lever du soleil était le moment de la journée que ta mère préférait, dit doucement Tyree.

— Je sais, papa. Tu me le dis chaque année, répondit Eli avec un mélange de tendresse et de lassitude. Elle préférait le lever du soleil au coucher, car le coucher représentait la fin et qu'elle n'aimait que les débuts, récita-t-il.

Tyree regarda son fils, les yeux humides.

— Je ne veux pas que tu oublies, se justifia-t-il.

— Je sais. Je n'oublie pas, le rassura Eli. Je me

souviens de Noël, ajouta-t-il. Elle nous réveillait toujours avant l'aube, tu te rappelles ? Une fois, elle a même voulu que l'on aille se promener sur la plage et nous avons fait un château de sable en contemplant le lever du soleil... Je m'en souviens comme si c'était hier, même si j'ai oublié beaucoup de choses, soupira-t-il avec une pointe de désespoir.

— Tu avais cinq ans quand nous avons fait ce château sur la plage. C'était à Port Aransas, confirma Tyree en posant une main sur l'épaule de son fils. Et c'est normal d'oublier, le rassura-t-il. La seule chose dont tu dois te souvenir, c'est que ta mère t'aimait. Et que je t'aime.

— Je sais, papa, répondit Eli en regardant son père avec un regard qui semblait être celui d'un adulte. Je t'aime aussi.

De retour chez lui, Tyree passa le reste de la journée comme il le faisait à chaque anniversaire du décès de sa femme, à l'exception près que, cette année, Eli n'était pas avec lui. Il se prépara une énorme assiette de jambalaya, se versa un verre de bourbon, puis alla s'installer sur le canapé pour regarder *Blade*.

C'était le film que Teiko et lui étaient allés voir au cinéma lors de leur premier rendez-vous. Pourtant, ce jour-là, Tyree avait prévu d'emmener Teiko voir un autre film, qu'il considérait comme plus adapté à un public féminin : *Sans complexes*, avec Angela Bassett et Taye Diggs. Mais, dès qu'ils furent arrivés devant le cinéma, Teiko lui proposa elle-même d'aller voir *Blade* à la place. Elle préférait les films d'action et adorait Wesley Snipes, lui avait-elle dit.

Il l'avait tellement aimée !

Il ne savait pas s'il devait se considérer comme chanceux ou malheureux d'avoir connu une passion aussi forte, cette sensation d'appartenir l'un à l'autre depuis toujours et pour l'éternité. C'était magnifique, mais tellement douloureux lorsqu'il l'avait perdue. Il avait presque eu l'impression de mourir en même temps qu'elle.

Il se frotta le sourcil et soupira. En fait, pensa-t-il, il ne serait certainement plus là s'il n'avait pas eu son fils. Elijah avait été sa force, ce qui lui avait permis de se relever. Sa raison de vivre.

Comme l'avait été Teiko après sa rupture avec Eva, qui avait un jour disparu de sa vie après un début de relation passionné.

Il inspira profondément en fermant les yeux, se laissant happer par le passé.

Il avait vingt-deux ans lorsqu'il avait rencontré Eva, à San Diego, à l'occasion d'une permission. Leur histoire avait démarré sur les chapeaux de roue. Ils étaient inséparables. Il avait tout aimé d'elle : sa forte personnalité, son sens de l'humour décalé, sa douceur quand ils faisaient l'amour... Ils adoraient se promener sur la plage, main dans la main, en faisant des projets d'avenir, bien qu'ils ne se connaissaient que depuis peu de temps. C'étaient d'ailleurs ces rêves d'avenir qui lui avaient permis de tenir lorsqu'il était parti en mission dans le golfe Persique, où il devait affronter le danger tous les jours.

Pourtant, il comprit rapidement que ces rêves ne deviendraient jamais réalité. Eva n'avait répondu à aucune de ses lettres, et, chaque fois qu'il avait tenté de l'appeler, elle était restée injoignable.

À son retour aux États-Unis, il avait été affecté à Norfolk. Il avait beau avoir essayé de l'oublier, il n'y était jamais parvenu. Finalement, après plusieurs années, il était retourné à San Diego pour tenter de la retrouver.

Il l'avait retrouvée. Mais, en se rendant à l'adresse qu'il avait obtenue, il l'aperçut accompagnée de son mari et de sa fille. Il ne savait pas exactement quel âge avait la petite fille, mais, clairement, elle avait déjà quelques années – ce qui signifiait qu'Eva avait dû rapidement l'oublier et tomber dans les bras d'un autre homme juste après leur séparation.

Réaliser cela, et la voir aussi heureuse dans sa vie de famille lui avait déchiré le cœur. Il avait alors fait demi-tour et s'était réfugié dans un café.

C'était là qu'il avait rencontré Teiko. Le café appartenait à ses parents et elle y travaillait comme serveuse, le week-end. Ils s'étaient mis à parler et ne s'étaient plus quittés, jusqu'au soir. À la fin de la journée, elle lui avait volé son cœur. Et l'avait guéri.

Dieu seul sait ce qu'il serait devenu sans elle. Et Dieu seul sait à quel point il l'avait aimée.

Il fut tiré de ses pensées par le bruit de clé dans la serrure. Il ouvrit les yeux et vit Eli entrer dans le salon.

— Ça va ? demanda Eli en regardant son père d'un air inquiet. Je sais que j'aurais dû rester avec toi…

— Certainement pas, le rassura aussitôt Tyree. Je suis heureux que tu te consacres à ton travail, et je vais bien, ne t'inquiète pas !

Eli sembla rassuré et renifla l'air avec un sourire complice.

— Jambalaya ! s'exclama-t-il.

— Quel nez ! s'amusa Tyree.

— Qu'est-ce que tu vas faire demain ?

Tyree rit, heureux de constater que son fils le connaissait si bien.

— Je ne sais pas encore, j'improviserai !

À chaque anniversaire de la mort de Teiko, Tyree se consolait en passant toute la journée du lendemain en cuisine, généralement au *Fix*, et mettait un nouveau plat à la carte.

— Je t'aime, papa ! lança Eli en s'installant sur le canapé à côté de lui.

— Je t'aime aussi, mon fils, répondit Tyree avec

tendresse, passant son bras autour des épaules d'Eli et l'attirant près de lui.

Il ferma les yeux en serrant son fils contre lui. Il avait aimé deux femmes. Il en avait perdu deux. Mais il avait son bar. Il avait ses amis. Et, surtout, il avait Eli.

Ce n'était pas tout, mais c'était suffisant.

TROIS

Eva Anderson régla la mise au point sur son Nikon et prit une dernière photo des mariés assis sur un rocher. Ils la regardaient avec un large sourire, tandis que leurs familles et amis se tenaient autour d'eux, partageant le moment.

Il était presque huit heures, et le jour était désormais parfaitement levé. Mais le couple avait prononcé ses vœux deux heures auparavant, afin de se marier au lever du soleil, en pleine réserve naturelle, dans la région de San Diego. Comme ils avaient voulu se marier le jour d'anniversaire de leur premier rendez-vous, la cérémonie avait eu lieu un mercredi.

Eva était venue la veille pour repérer les lieux. Ainsi, au moment de prendre les photos, elle savait exactement quoi demander aux mariés et comment tirer profit des cactus et des autres plantes qui peuplaient l'endroit. Après la dernière photo, elle se sentit satisfaite, sachant qu'elle avait de très beaux clichés et que les mariés seraient heureux de les découvrir.

— Je peux m'occuper de ranger le matériel si tu veux aller discuter avec les mariés, déclara Marianne.

Marianne était l'assistante à temps partiel d'Eva, mais également – et surtout – sa meilleure amie.

— Mais, je te préviens, ne tarde pas trop, reprit-elle en passant ses doigts dans ses courts cheveux blonds. J'ai absolument besoin de caféine, ajouta-t-elle en bâillant.

— Promis ! répondit Eva en riant, pensant qu'elle avait, elle aussi, besoin de quelque chose pour la réveiller.

Elle laissa donc à Marianne le soin de remballer le matériel, et se dirigea vers la mariée, Jill, qui était en train de discuter avec sa mère.

— Votre cérémonie était magnifique ! lança-t-elle en arrivant. Je suis très touchée que vous m'ayez confié le soin de fabriquer vos souvenirs en ce jour si important.

— Vous plaisantez ? rétorqua Jill. J'ai vu vos photos du mariage de Bill Landry et de ma cousine Sarah. Je ne voulais personne d'autre que vous !

— C'est très gentil, déclara Eva.

Elle se sentait extrêmement flattée et fière d'elle-même, mais tâcha de conserver une attitude professionnelle et modeste. Elle avait quitté son travail de graphiste cinq ans auparavant pour se lancer dans la photo. Elle avait créé sa propre entreprise et, certains jours, elle n'en revenait pas d'avoir si bien réussi.

— Nous avons consulté votre site Internet, ajouta la mère de Jill. Vous êtes vraiment très douée ! On sent que vous aimez véritablement les mariages.

— En effet, les mariages et les portraits de bébé sont ce que je préfère photographier, répondit Eva. J'ai à chaque fois l'impression d'être dans un conte de fées !

— Les fins heureuses, confirma la mère de Jill d'un air pensif.

— Je dirais plutôt les nouveaux départs ! corrigea Jill en tapotant le bras de sa mère d'un geste affectueux et en lançant un regard énamouré en direction de son *désormais-mari*.

— Les deux sont vrais, je pense, intervint Eva.

Elle n'avait pas menti en disant qu'elle aimait les mariages. Elle aimait réellement cela. Sans faire de psychologie de bas étage, elle savait que c'était parce qu'elle s'imaginait chaque fois prononcer elle-même ses vœux.

Jeune, enceinte d'un homme décédé, elle s'était laissé convaincre par son père – qu'elle adorait – d'épouser David, un homme qu'elle n'aimait pas. Certes, son mari s'était toujours montré gentil avec elle, mais elle n'avait jamais ressenti de véritable connexion avec lui.

Elle retourna vers sa voiture, dans laquelle Marianne finissait de charger le matériel. Repensant à ses années de mariage, elle se dit que le fait d'être une épouse l'avait au moins aidée à grandir. Grâce à David, à son statut de *femme mariée*, elle s'était enfin sentie forte et indépendante. À tel point que, le jour de son vingt-cinquième anniversaire, convaincue qu'elle et David méritaient tous les deux quelque chose de mieux, elle avait demandé le divorce. David avait plutôt bien réagi – il avait même paru soulagé – et, une fois le divorce prononcé, il avait totalement disparu de sa vie.

Heureusement, sa fille Elena n'avait alors que quatre ans. Bien sûr, au début, l'homme qu'elle croyait être son père lui avait manqué, mais, avec le temps, elle avait peu à peu fini par l'oublier. Rapidement, mère et fille devinrent une équipe, soudées à jamais.

Cela n'avait pas toujours été facile, surtout en raison de ce que le père d'Eva avait fortement désapprouvé sa décision de quitter David, allant même jusqu'à lui retirer l'aide financière qu'il lui avait jusque-là accordée. Mais elle avait fait face avec courage et dignité, et en était finalement ressortie plus forte. Elena aussi, d'ailleurs, qui avait grandi en imitant le modèle d'indépendance de sa mère.

Certes, Eva n'avait pas d'homme dans sa vie. Mais cela ne lui manquait pas. Elle s'était concentrée sur sa passion pour le graphisme et la photographie – d'abord comme passe-temps, puis comme métier – et avait fait en sorte de parler très souvent à Elena de son vrai père, Tyree, un marine mort à la guerre. Un héros.

C'était en tout cas ce que son père lui avait fait croire pendant vingt ans. Mais elle savait désormais que Tyree n'était pas mort dans le golfe Persique et qu'il était toujours vivant.

Ce n'était que lorsqu'elle s'était enfin résolue à trier les affaires de son père et à s'occuper de la succession qu'elle avait découvert la vérité. Elle était incapable de dire si le fait d'apprendre que son père lui avait menti avait été une bonne ou une mauvaise chose. Mais c'était ainsi, et elle ne pouvait plus revenir en arrière.

Ce jour-là, elle avait failli jeter cette grande enveloppe qui ne portait aucune adresse et sur laquelle n'était inscrite que la mention « *Privé* ». Elle ne savait toujours pas ce qui l'avait finalement poussée à l'ouvrir, mais elle l'avait fait, décollant le rebord avec son index et versant le contenu au sol. Elle découvrit six enveloppes encore scellées. Cinq d'entre elles avaient été envoyées depuis l'étranger, et portaient l'écriture manuscrite de Tyree. Quant à la dernière, elle était entièrement vierge. Intriguée, c'était celle-ci qu'Elena avait ouverte en premier. Elle déplia soigneusement la lettre qui se trouvait à l'intérieur et qui avait été écrite par son père. Lorsqu'elle eut terminé, elle s'effondra, les larmes coulant sur ses joues sans qu'elle puisse les retenir.

Elena, assise par terre près de sa mère et qui

faisait elle aussi du tri dans la quantité de papiers qui appartenaient à son grand-père, se précipita alors vers Eva pour la consoler.

— Maman ? Que se passe-t-il ? lui avait-elle demandé d'un air inquiet.

Incapable de répondre quoi que ce soit, Eva avait tendu à sa fille la lettre qu'elle venait de lire et dans laquelle son père révélait la vérité de ce qu'il s'était passé. Il y détaillait de sa petite écriture tremblante, comment et pourquoi il avait fait croire à sa fille que son fiancé était mort, après qu'elle lui avait appris qu'elle était enceinte. Comment il avait intercepté les lettres de Tyree et les avait dissimulées à sa fille. Pourquoi il avait menti toutes ces années, profitant du fait d'être un haut fonctionnaire de l'armée pour que sa fille, qui avait une totale confiance en lui, le croie.

Il avait ainsi décidé seul de changer le cours de la vie d'Eva. Car il ne voulait pas que sa fille épouse un militaire sans diplôme ni famille. Un homme qui avait grandi à La Nouvelle-Orléans, le fils d'une mère cajun sans aucune fortune, et d'un père qui avait travaillé comme concierge à Savannah, avant de quitter la Géorgie pour la Louisiane.

Il avait donc fait croire à sa fille que Tyree était mort à la guerre, et l'avait poussée dans les bras de David Anderson, un homme qu'elle n'aimait pas et qui ne l'aimait pas.

Cette découverte avait non seulement entaché la

mémoire de son père, mais elle l'avait ébranlée au plus profond d'elle-même.

Toute son enfance, Eva avait eu le sentiment d'être une princesse. Bien que sa mère soit morte à sa naissance, son père l'avait adorée, et lui avait donné tant d'amour et d'affection qu'elle ne s'était jamais sentie différente des autres enfants qui avaient leur mère. Au contraire, elle s'était toujours sentie plus aimée que n'importe lequel d'entre eux. Mais tout cela avait pris fin lorsque, à dix-neuf ans, elle avait annoncé à son père être enceinte. Elle devint alors pour lui un objet de déshonneur et de honte, et il le lui avait fait payer très cher, allant jusqu'à l'obliger à se marier au plus vite avec David.

Elena était la seule bonne chose qu'Eva retenait de son mariage. Pour le reste, elle n'avait jamais été heureuse avec David.

Comment son père avait-il pu lui faire une chose pareille ?

Et pourquoi avoir écrit cette lettre dans laquelle il confessait la vérité ? Était-ce pour lui une forme de confession ?

Elle ne savait pas. Et peu lui importait d'ailleurs.

Tout ce qu'elle savait désormais, c'était que sa fille avait été privée de son père, et qu'elle allait devoir dire à un homme, vingt-trois ans après, qu'il avait une fille.

— Donc tu as décidé de ne pas dire un mot de la journée ? lança Marianne avec un large sourire.

Revenant sur terre, Eva se tourna vers son amie.

— Euh... quoi ? Pardon ?

— Rien... répondit Marianne. Nous travaillons en silence. Nous ne faisons qu'une. Nous sommes les Borgs ! ajouta-t-elle en faisant mine d'être un robot.

— Je suis désolée, s'excusa Eva, je suis dans la lune...

— C'est le sixième mariage que nous faisons depuis que tu as trouvé la lettre de ton père, et j'ai l'impression que cela te plonge chaque fois dans un désarroi encore plus grand que le précédent.

— Pas du tout ! rétorqua Eva, autant pour rassurer son amie qu'elle-même. Je suis juste un peu distraite, c'est tout !

— D'accord, fit mine de concéder Marianne. Et as-tu pris ta décision ? Enfin, je sais que tu vas lui dire, mais as-tu décidé de la façon dont tu allais le faire ?

— Pas encore, concéda Eva.

— Cela fait un mois, maintenant, que tu connais la vérité, lui répondit Marianne d'une voix douce, mais ferme. Plus tu attends, et plus cela sera difficile.

— Je sais... C'est juste que... je ne sais pas.

— En tout cas, tu t'exprimes de manière très claire ! ironisa Marianne en riant.

— Elena pense que je devrais tout simplement l'appeler, reprit Eva sans prêter attention aux sarcasmes de son amie. C'est une romantique, alors, bien sûr, elle pense qu'il sera ravi de m'entendre, qu'il prendra le premier vol pour San Diego, et que nous reprendrons les choses là où nous les avions laissées.

Elle marqua une pause.

— Avec une légère différence, c'est que nous avons une fille de vingt-trois ans, reprit-elle d'une voix triste en levant les yeux vers Marianne.

— Tu ne sais pas, il sera peut-être très heureux de l'apprendre, tenta de la rassurer Marianne d'une voix douce.

— Je n'en suis pas si sûre ! répondit Eva. Elena est encore suffisamment jeune pour croire que l'amour dure toujours, que les gens ne changent pas et qu'ils se marient pour l'éternité, mais...

Eva était persuadée que Tyree avait fini par l'oublier. Il était certainement marié, et devait avoir une vie. Même s'il méritait de savoir qu'il avait une fille, elle ne voulait pas gâcher ce qu'il avait certainement construit. Et puis, si elle était complètement honnête, elle ne voulait pas découvrir son bonheur et savoir qu'il était heureux sans elle.

— Évidemment qu'il a dû finir par oublier et refaire sa vie. Mais, même dans ce cas, il a le droit de savoir qu'il a une fille, dit Marianne, confirmant ce qu'Eva pensait.

— Je sais. Tu as raison. Je vais le lui dire...

— Sauf que plus vite tu lui diras, mieux ce sera.

— C'est aussi ce que je me dis, acquiesça Eva. D'ailleurs, comme nous n'avons rien jusqu'à la fin de la semaine, je me suis dit que j'allais en profiter pour essayer de le retrouver. Je vais me renseigner auprès de l'armée ; peut-être pourront-ils me donner son adresse ?

— Cela risque de prendre du temps, non ?

— Je ne crois pas, répondit Eva en prenant les clés de la voiture de la poche de son jean noir – celui qu'elle portait toujours pour les mariages, car, avec une chemise habillée, il était très élégant, mais était en même temps suffisamment confortable pour lui permettre de travailler correctement.

Elle ouvrit la portière et s'installa côté conducteur, puis attendit que Marianne monte du côté passager.

— Et puis, de toute façon, nous ne sommes plus à quelques jours près. Ce n'est pas comme s'il attendait mon appel...

Surtout, pensa-t-elle, plus les jours passaient, et plus elle parvenait à maîtriser sa peur.

— C'est vrai...

— Mais quoi ? demanda Eva, la main sur la clé avant de mettre le contact.

— Non, rien. Oublie, répondit Marianne en secouant la tête.

— Marianne ! supplia Eva en lâchant la clé et en s'asseyant au fond de son siège.

Elle connaissait parfaitement son amie. Ses expressions, le ton de sa voix... Or, elle savait qu'elle voulait lui dire quelque chose de difficile.

— Qu'est-ce qu'il y a ? insista-t-elle. Et, je t'en prie, ne me dis pas qu'il n'y a rien...

Marianne hésita un instant.

— C'est juste que....

Elle s'interrompit puis, finalement, se tourna vers Eva, l'air résolu.

— Bon, tu sais que tu as toujours dit à ta fille qu'elle devait toujours faire ce qu'elle voulait et ne pas attendre que cela vienne des autres ?

— Oui... répondit Eva, ne sachant pas très bien où Marianne voulait en venir.

En effet, elle avait toujours encouragé sa fille à être indépendante, comme elle avait fait en sorte de l'être elle-même après son divorce d'avec David. Mais elle ne comprenait pas ce que sa fille venait faire dans la conversation. Ou, plutôt, elle craignait de le comprendre...

— Donc ? reprit-elle pour encourager Marianne à poursuivre son raisonnement.

— Et donc, je crois qu'elle a suivi ton conseil à la lettre... répondit Marianne en regardant Eva d'un air désolé.

— Quoi ? s'exclama Eva, un frisson lui parcourant le dos. Elena ? Mais elle est à Austin en train de visiter la ville et le campus de l'Université du Texas ! rappela-t-elle à Marianne pour se rassurer elle-même.

Elena venait de terminer ses études à l'Université de Californie, à San Diego, et avait décidé de prendre une année sabbatique, le temps de décider ce qu'elle voulait faire ensuite. Intéressée par l'urbanisme, elle avait entendu dire que l'Université d'Austin était l'une des meilleures en la matière. Elle avait donc annoncé à sa mère qu'elle irait s'installer là-bas pour l'été, afin de voir si la ville lui plaisait.

Eva fixait Marianne, qui la regardait avec presque de la pitié dans les yeux. Comme si Eva était idiote.

— Putain ! Marianne ! Dis-moi clairement les choses ! s'agaça-t-elle.

— Je suis persuadée qu'elle est réellement intéressée par l'Université d'Austin, tenta de minimiser Marianne. Elle n'arrêtait pas d'en parler avant de partir.

— Oui, mais… ?

— Mais… euh… Je ne suis pas sûre de pouvoir t'en dire plus, répondit Marianne, gênée.

— Vraiment ? Et pourquoi pas ? lui demanda Eva d'un ton suspicieux.

— Parce que je suis ta meilleure amie…

Eva resta bouche bée, essayant de comprendre ce que Marianne était en train de lui dire, et décida que cela ne faisait toujours aucun sens.

— Bon, conclut-elle. Je crois qu'il nous faut vraiment un café. Tu commences à dire n'importe quoi ! lança-t-elle en s'apprêtant à mettre le contact.

— Tu te souviens quand elle avait huit ans ? s'empressa de reprendre Marianne pour l'en empêcher. Juste après ton divorce d'avec David ? Tu m'as dit qu'elle avait besoin d'une confidente, d'un adulte dans sa vie qui ne serait ni sa mère ni son père. Une femme à qui elle pourrait poser des questions sur les garçons ou d'autres sujets ?

— Je me souviens, oui, répondit Eva en regardant Marianne droit dans les yeux.

— Eh bien, ce que je veux dire, c'est que je ne peux pas rompre le lien de confiance que j'ai avec ta fille, et que tu m'as toi-même demandé d'instaurer.

— Sauf si Elena risque de souffrir, la corrigea Eva.

— Pourquoi souffrirait-elle ?

Eva lança à son amie un regard noir.

— Comment pourrais-je le savoir, puisque je ne sais même pas ce qu'elle est en train de faire ? siffla-t-elle.

Tandis que Marianne ne répondit rien, Eva décida de prendre son téléphone dans son sac.

— Qu'est-ce que tu fais ? Tu l'appelles ? demanda Marianne, paniquée.

— Non, répondit sèchement Eva.

Elle venait de réaliser qu'elle n'avait finalement jamais tenté de retrouver Tyree par des moyens normaux. Elle s'était dit qu'elle demanderait à l'armée de lui fournir ses coordonnées, car, au fond, c'était une manière de ne pas affronter directement la situation : elle n'avait pas à chercher elle-même, et, peut-être même que l'armée n'aurait pas ses coordonnées ou refuserait de les lui donner. Elle avait donc décidé qu'elle enverrait sa requête à l'armée après la période des mariages et ses deux semaines de vacances à Vancouver, où elle s'apprêtait à aller le dimanche suivant, et qu'elle attendrait leur réponse. Mais elle se résolut finalement à prendre les devants et faire une recherche sur Internet.

Elle tapa *Tyree Johnson* dans Google, et, en découvrant les résultats, elle fixa l'écran de son téléphone, bouche bée.

— Austin ! J'en étais sûre ! finit-elle par dire.

Elle lut les quelques résultats.

— Apparemment, il possède un bar, annonça-t-elle à Marianne. De nombreux articles parlent d'une espèce de concours qu'ils organisent, ajouta-t-elle.

— *Le Fix sur la 6e Rue est réputé pour sa cuisine, la plupart des plats et des cocktails qui y sont servis étant inventés par le patron des lieux, Tyree Johnson,* lut-elle à voix haute.

Elle regarda Marianne en souriant, se souvenant que Tyree avait une passion pour la cuisine et qu'il avait toujours rêvé d'ouvrir un restaurant. Elle était heureuse de découvrir qu'il avait réussi à concrétiser son rêve.

Mais cela confirmait aussi qu'il avait fait sa vie, même sans elle. Il avait probablement une femme et des enfants. Il devait être heureux. Or, d'après ce que venait de lui faire comprendre Marianne, Elena était sur le point de gâcher ce bonheur.

Réalisant cela, Eva décida qu'elle devait à tout

prix se rendre à Austin. La dernière chose qu'elle voulait, c'était que le premier homme qu'elle avait aimé – ou, plutôt, le *seul* homme qu'elle ait jamais aimé – puisse penser qu'elle était une horrible garce qui lui avait délibérément caché l'existence de sa fille.

Elle soupira.

— Est-ce qu'elle lui a déjà dit ? demanda-t-elle à Marianne avec un regard implorant.

— Je suis désolée, répondit Marianne d'un air encore plus désolé. Je te l'ai dit, je ne veux pas trahir la confiance que ta fille a en moi.

— Bon sang, Marianne ! s'exclama Eva. Est. Ce. Qu'elle. Lui. A. Déjà. Dit ?

— Non, répondit doucement Marianne en baissant la tête. Mais elle m'a dit qu'elle était sur le point de le faire.

— Quand ?

— Aujourd'hui.

— *Aujourd'hui ?* Putain de merde ! Il faut que j'appelle le bar. Que j'explique qui je suis, et peut-être qu'on me donnera son numéro, dit Eva paniquée.

Marianne continuait de la regarder du même air désolé.

— Ou alors, je vais à Austin ? reprit Eva en regardant sa montre.

QUATRE

Comme l'avait prévu Eli, Tyree avait passé toute la journée du mercredi dans la cuisine du *Fix*. Le soir venu, lorsque les clients commencèrent à affluer pour boire un verre et assister à l'élection de Mister Avril, Tyree avait presque terminé sa nouvelle recette. Après l'avoir fait goûter à sa brigade, et à quelques clients habitués du bar, il fut officiellement décidé que le plat serait le soir même ajouté à la carte. Il ne restait plus qu'à lui donner un nom.

Il ne put penser qu'à « *Brochettes de poulet au bacon et à l'ananas* », mais cela ne lui paraissait pas suffisamment vendeur. Il décida donc de faire appel à la créativité de Jenna. Après tout, pensa-t-il, si elle était capable d'organiser un concours de beauté masculin, elle devait pouvoir donner un nom à un plat !

Il quitta sa blouse de chef, et partit donc à la recherche de Jenna. Lorsqu'il arriva dans le bar, l'endroit était bondé. Il y avait tellement de monde que son barman, Cameron, semblait complètement débordé. Éric étant en pause, Tyree décida de donner un coup de main à Cameron et s'installa avec lui derrière le bar, faisant signe à Reece – qui semblait avoir eu la même idée que lui – qu'il gérait la situation et qu'il pouvait retourner à son poste.

— Merci ! lui lança Cameron en servant deux dry martini ornés d'une olive que venaient de lui commander deux clientes qui avaient l'air de deux femmes d'affaires. Quand j'ai demandé à Éric de prendre sa pause, le bar était calme, puis tous les clients sont arrivés d'un seul coup, expliqua-t-il.

— Aucun problème, le rassura Tyree. Et merci d'être venu ce soir ! ajouta-t-il avec un clin d'œil reconnaissant.

Le *Fix* manquait de personnel et, si cela se faisait sentir les soirs ordinaires, la situation était d'autant plus critique lorsque, comme ce soir-là, il y avait l'élection de l'homme du mois. Tyree avait donc demandé à Cameron, qui aurait dû ne pas travailler ce soir-là, de venir en renfort.

— Honnêtement, c'est à moi que ça fait plaisir ! rétorqua Cameron avec un large sourire. Travailler le mercredi me manquait, et puis je n'aurais raté l'élection de l'homme du mois pour rien au monde !

— Moi non plus ! lança Mina en s'asseyant sur l'un des tabourets du bar miraculeusement vide.

Prenant appui sur le repose-pied du tabouret, elle se pencha par-dessus le comptoir et embrassa Cameron.

— Surtout quand Mister Mars y participe, ajouta-t-elle avec un air espiègle. Même si je préfère le voir dans mon lit que sur scène...

Tyree étouffa un rire, tandis que Cameron prit un air faussement exaspéré en servant un verre de vin à Mina, sa boisson préférée.

— Ne sois pas gêné, *darling*, plaisanta Mina en posant sa main sur celle de Cameron. Je suis sûre que tu n'attends que ça toi aussi... lui dit-elle avec un regard lascif.

— Je ne vois rien et je n'entends rien, commenta Tyree en levant les mains, faisant mine d'être choqué.

— Excuse-la, répondit Cam. Quant à toi, reprit-il en se tournant vers Mina avec un air faussement sévère, on réglera nos comptes tout à l'heure.

— J'ai hâte ! rétorqua Mina en battant des cils comme une petite fille innocente.

Cameron lui lança un sourire puis partit s'occuper des autres clients.

Le tabouret à côté de celui de Mina se libéra, et fut immédiatement occupé par Amanda, une vendeuse en immobilier habituée du bar.

— Hey ! lança Tyree en la voyant. Tu nous as manqué !

— Vous aussi ! répondit-elle en faisant la bise à Mina. J'ai désespérément besoin d'un verre. Il faut que je me détende un peu si je veux encourager Nolan comme il se doit. J'ai essayé de convaincre ma mère et mon père de venir ce soir, mais ils ont préféré me confier la représentation de la famille et me laisser hurler seule pour encourager mon frère, expliqua-t-elle d'un air désabusé.

Tyree se mit à rire. Il connaissait depuis longtemps Amanda et son demi-frère Nolan, un célèbre présentateur de la radio locale, et avait beaucoup de tendresse pour eux deux.

— Tu devrais parler à Brooke et Spencer, lui conseilla Mina avec malice. Si tu révélais des scoops sur ton frère face à la caméra, je suis sûre que ça l'aiderait beaucoup...

— Tu plaisantes ! s'exclama Amanda. Il m'en voudrait à mort ! Et avec toutes les choses qu'il sait sur moi, j'aurais trop peur qu'il me balance à l'antenne !

— Je sais tellement de quoi tu parles ! rétorqua Mina. Mon frère connaît tout de moi ; il peut faire de moi ce qu'il veut...

— Tu ne travailles pas ? demanda Tyree à Mina.

Elle fit non de la tête en prenant une longue gorgée de vin.

— Désolée, j'avais trop soif ! s'excusa-t-elle en posant son verre.

— Ouh... J'ai l'impression que c'est le carré VIP ici ! lança Megan en passant sa tête entre Amanda et Mina.

— Plus maintenant, malheureusement, ironisa Mina d'un air navré. Je dois partir...

— Super ! Ça veut dire que je vais pouvoir prendre ton tabouret ! répondit Megan en riant.

— Tu n'as vraiment aucun respect ! rétorqua Mina en levant les yeux au ciel et faisant mine d'être outrée.

— En parlant de respect, je te rappelle que nous devons toujours nous entraîner pour nos 5 km ! répondit Megan d'un ton professoral. Si tu cours avec moi ce week-end, je te promets d'être respectueuse !

— Désolée... commença Mina en désignant Cameron avec un air chargé de sous-entendus, mais je ne quitte généralement pas mon lit le week-end...

— Va-t'en ! lui intima Cameron en riant. Avant que tout le bar ne soit au courant de ma vie privée...

Mina fit un clin d'œil à Tyree, salua ses deux amies, puis traversa le bar pour rejoindre Brooke qui était en train de régler les derniers détails techniques avec l'un des cameramen avant le début de l'élection.

Tandis que Megan prit sa place sur le tabouret et se mit à discuter avec Amanda, Tyree se glissa au milieu de la foule de clients, serrant des mains, et faisant des bises, jusqu'à rejoindre les candidats à l'élection de Mister Avril.

Lorsque le début du spectacle fut annoncé, il observa la scène depuis les coulisses. La foule applaudissait et sifflait à la présentation de chaque candidat, et Tyree remarqua que Tiffany et les autres serveurs étaient assaillis par les commandes.

Pas mal, pensa-t-il, faisant un rapide calcul mental.

Il devait une fière chandelle à Jenna. Elle avait eu une idée de génie avec cette élection qui avait permis au *Fix* de tripler sa clientèle et son chiffre d'affaires, et de devenir l'établissement le plus populaire de la ville. C'était une opération gagnante à tous points de vue !

D'ailleurs, Tyree était un peu surpris que son principal concurrent, le *Déliss*, ne se soit pas encore empressé de copier le concept. Quoi qu'il en soit, le *Fix* était jusque-là le seul bar à organiser ce type d'événement. Si bien que lorsque, en fin d'année, il vendrait les calendriers imprimés avec la photo des douze gagnants, les recettes seraient certainement excellentes, se dit Tyree.

Avec un peu de chance, tout cela lui permettrait de garder son établissement ouvert. Il parcourut le bar des yeux, repensant avec nostalgie au taudis que c'était lorsqu'il l'avait acheté. Il avait presque tout rénové seul, notamment le long comptoir en chêne massif. Seuls Reece et Brent lui avaient donné quelques coups de main. La rénovation avait été longue et éprouvante, mais il était fier du résultat. Il aimait son bar, et, surtout, il aimait son travail et ses employés, qu'il considérait comme sa famille. Il était prêt à tout pour sauver le navire. Il était hors de question de le laisser couler ni cette année ni aucune autre.

Fort de cette pensée, il décida de retourner en cuisine pour vérifier que tout était prêt. À chaque élection, les commandes étaient toujours plus nombreuses et il ne voulait rien laisser au hasard pour que tout soit parfait.

Après s'être assuré que sa brigade gérait parfaitement la situation, il revint dans la salle où la foule était de plus en plus déchaînée. Tandis qu'il avançait vers la scène, il découvrit Nolan dans les bras d'une jeune femme timide que Tyree n'avait rencontrée que quelques fois – une certaine « Shelby » lui semblait-il. Se tournant vers Reece, il leva les sourcils avec un air interrogateur, mais Reece sembla ne pas en savoir davantage que lui : il se contenta de hausser les épaules en riant. Tyree rit à son tour ; décidément, ce concours semblait avoir un effet magique sur tout le monde...

Regardant à nouveau en direction de Nolan et Shelby, il les vit s'éloigner et se diriger vers la sortie. Le vainqueur n'ayant pas encore été annoncé, Tyree faillit rappeler Nolan, mais il se ravisa. D'après les regards que ces deux-là se lançaient, il comprit que même l'argument de la victoire ne suffirait pas à les retenir.

Soudain, il entendit qu'on l'appelait. Il se retourna et découvrit Brent, son ami et associé, lui faire signe de redémarrer les caméras de sécurité. Tyree indiqua d'un geste qu'il s'en occupait et prit la direction du bureau. C'est alors qu'il aperçut à nouveau la femme qui lui avait tant fait penser à Eva.

Aussitôt, il se figea, comme tétanisé. En la fixant du regard, une multitude de souvenirs lui revinrent en mémoire, lui procurant un sentiment étrange – un mélange de joie, de douleur, et de nostalgie – de ceux que l'on ressent lorsque l'on repense aux êtres chers que l'on a perdus.

Se forçant à détourner le regard, il reprit la direction de bureau. Il devait s'occuper du système de sécurité, mais, plus que tout, il avait besoin de reprendre ses esprits. Il avait pris un congé la veille pour l'anniversaire de la mort de sa femme, il n'avait pas en plus besoin de souffrir à cause d'une ex qui avait disparu de sa vie.

Mais, il avait beau essayer de se convaincre, le souvenir d'Eva ne le quittait pas. Lorsqu'il fut dans son bureau, et après avoir réactivé les caméras de sécurité comme Brent le lui avait demandé, il s'assit sur sa chaise et – tout en sachant que c'était une mauvaise idée – ouvrit le tiroir dans lequel était rangée une pile de photos.

Lentement, il les regarda une à une. Eli. Teiko.

Fêtes d'anniversaire et réveillons de Noël. Puis l'enterrement de Teiko. Eli en costume, qui n'avait alors que neuf ans et faisait de son mieux pour ne pas pleurer…

Tyree se força à ne pas s'attarder sur ce triste souvenir, et fit défiler les photos suivantes. Lui et Charlie Walker, le père de Reece. Lui, avec l'oncle de Reece, Vincent, quelques jours seulement avant qu'il ne soit mortellement blessé par des tirs ennemis en Afghanistan, où il mourut dans les bras de Tyree.

Ignorant la douleur sourde qu'il ressentait, Tyree poursuivit l'exploration de son passé, jusqu'à tomber enfin sur la photo qu'il cherchait. Plus de vingt ans le séparaient de ce cliché. Les couleurs avaient perdu de leur éclat, si bien que la robe rouge d'Eva semblait désormais rose, et que le bleu du ciel s'était transformé en un gris pastel. Mais l'amour dans ses yeux était toujours là, et son visage toujours aussi beau.

Tyree sentit sa poitrine se serrer tandis qu'il se remémorait le dernier week-end qu'ils avaient passé ensemble à San Diego, avant qu'il ne reparte en mission. Il ne l'avait rencontré que deux semaines auparavant, mais il était tombé immédiatement et éperdument amoureux d'elle. Et cet amour semblait réciproque. Au point qu'il n'avait jamais compris pourquoi elle avait pris la décision de ne plus lui donner de nouvelles.

Fermant les yeux, il repensa aux deux femmes

qu'il avait aimées. L'une était morte, et l'autre avait disparu.

Il les avait toutes les deux perdues.

Soudain, un coup sec sur la porte l'extirpa de ses pensées.

Il rouvrit les yeux et crut voir un fantôme.

Il cligna des yeux.

Non, ce n'est pas un fantôme.

Pourtant, il ne pouvait pas s'agir d'Eva. C'était impossible, même si la ressemblance était absolument stupéfiante.

— Excusez-moi, dit la jeune fille. Vous êtes bien monsieur Johnson ?

Sa voix était à la fois douce et affirmée et, surtout, lui était familière.

— On m'a dit que je vous trouverais ici, reprit-elle. Je… euh… vous êtes bien Tyree Johnson, n'est-ce pas ?

— Oui, c'est moi.

Elle inspira et expira profondément, comme si cette confirmation qu'il venait de lui donner lui avait procuré un immense soulagement.

— Vous avez vécu à San Diego ?

Un frisson lui parcourut le dos et il repensa à sa grand-mère qui lui disait toujours qu'elle avait un jour vu un fantôme dans un cimetière.

— En effet, il y a longtemps, confirma-t-il. Que puis-je faire pour vous, mademoiselle… ?

— Anderson, compléta-t-elle. Elena Anderson.

Elena. C'était aussi le nom de sa mère.

— Qui êtes-vous ? lui demanda-t-il en la regardant de plus près.

Elena ne répondit pas tout de suite, mais il savait déjà ce qu'elle s'apprêtait à lui dire.

— Ma mère est Eva Anderson. Son nom de jeune fille est Wilson. Et je pense que vous êtes mon père.

CINQ

Tyree fixait la jeune fille en face de lui, le souffle
coupé. Il s'était attendu à ces mots avant même
qu'elle ne les prononce, mais le fait de les entendre
fut un véritable choc.

Il n'arrivait pas à croire à ce qui était en train de
lui arriver.

— Je...

Il s'interrompit, cherchant ses mots.

— ...Je... Enfin... Ne le prenez pas mal, mais...
euh... je pense que vous faites erreur. J'ai connu votre
mère, c'est vrai. Mais je ne peux pas être votre père...

Elena le fixa dans les yeux un instant.

— Je vous assure que si, finit-elle par dire en
s'avançant et prenant place dans le siège placé en
face de celui de Tyree, de l'autre côté de son bureau.
Vous êtes mon père, répéta-t-elle.

Tyree était abasourdi. Ce n'était pas vrai. Ça ne

pouvait pas être vrai ! Mais comment pouvait-il réussir à le prouver à la jeune fille en face de lui qui semblait si convaincue d'avoir retrouvé son père ?

Il était certain d'une chose, en revanche : elle était bel et bien la fille d'Eva. La ressemblance était stupéfiante. Mais, à part peut-être sa taille et son teint – elle était plus grande et plus mate qu'Eva –, il ne voyait aucune ressemblance avec lui. Et d'ailleurs, il se souvenait que l'homme qu'il avait vu auprès d'Eva lorsqu'il s'était rendu chez elle à son retour du golfe Persique était grand et avait lui aussi le teint mat.

Repenser à cet homme lui procura un sentiment désagréable. Pourtant, ce connard lui avait finalement rendu service. Il lui avait évité de retourner auprès d'une femme qui était, de toute évidence, instable dans ses sentiments, et qui était capable de faire croire à l'homme qui partageait sa vie qu'il était le père de sa fille alors que ce n'était en réalité pas le cas.

Enfin... si ce que me raconte cette jeune fille est vrai. Mais ce n'est pas possible...

— C'est votre famille ? demanda Elena, le tirant de ses pensées.

Elle avait entre ses mains la photo d'Eli et Teiko qui était posée sur le bureau de Tyree.

— Ma femme, dit Tyree simplement, suppliant en lui-même Teiko de lui envoyer de la force. Avec mon fils.

— Ils sont très beaux, commenta Elena avec un sourire fébrile.

Elle reposa le cadre à sa place, et se frotta le front en cherchant ses mots.

— Écoutez... Je ne suis pas venue pour...

Elle marqua une pause et le regarda dans les yeux.

— Je veux dire que... je ne cherche rien, reprit-elle. Vraiment. Et peut-être que je n'aurais pas dû débarquer ainsi et vous annoncer cette nouvelle comme je l'ai fait. J'aurais certainement dû vous appeler, ou vous écrire... Je comprends tout à fait que cela soit un choc pour vous, et j'en suis désolée. J'avais juste envie de vous rencontrer et...

Elle s'interrompit à nouveau, submergée par l'émotion.

Tyree la regarda se frotter le sourcil, un geste qu'il faisait lui-même très souvent lorsqu'il réfléchissait ou devait gérer une émotion trop forte. Un geste dont avait hérité Eli, d'ailleurs...

Il se leva et s'appuya sur son bureau, la tête baissée, essayant de se calmer. Il aurait aimé pouvoir s'en prendre à quelqu'un, frapper le mur avec son point... Faire quelque chose, n'importe quoi, pour apaiser les émotions qui étaient en train de l'assaillir.

Mais il se força à rester calme, ne voulant pas effrayer cette jeune fille qui, finalement, n'était pour rien dans cette situation.

Sa fille.

Il avait une fille...

Il ferma les yeux et pensa à Eli.

Teiko, je suis désolé. Je t'assure que je ne savais pas...

— Je suis vraiment désolée, intervint Elena, l'air gêné. Je ne voulais pas vous perturber...

Il leva les yeux vers elle. Il perçut toute son émotion et admira sa manière de se contrôler.

— Vous êtes déjà venue, non ? L'autre jour...

— Oui, répondit-elle en souriant. C'était la première étape...

— La quoi ?

— J'avais peur de venir vous voir, expliqua-t-elle en le regardant dans les yeux. J'en avais très envie, évidemment, mais j'avais peur. J'y suis donc allée par étapes : la première étape consistait à franchir la porte de votre bar.

— Excellente stratégie ! lança Tyree, amusé.

Un étrange sentiment de fierté l'envahit en regardant cette jeune fille, *sa fille*, qui était, à l'évidence, intelligente et courageuse.

Il finit par se rasseoir et la regarda un instant.

— Parle-moi de l'homme qui t'a élevée, lui dit-il soudain.

— L'homme qui m'a élevée ? demanda Elena, étonnée – autant par le fait que Tyree semblait en savoir plus sur sa vie qu'elle ne l'imaginait, que par le fait qu'il la tutoie déjà, si vite...

— Tu m'as bien dit que ta mère s'appelait maintenant Anderson ? expliqua-t-il, sans révéler qu'il était allé chez Eva, longtemps auparavant, et qu'il l'avait découverte aux côtés d'un autre homme et… d'Elena.

— Oh ! Oui… David ! Ma mère et lui ont divorcé quand j'étais petite, et elle ne m'a pas beaucoup parlé de lui, expliqua-t-elle.

Décidément, l'instabilité sentimentale d'Eva se confirmait… Mais pourquoi avait-elle épousé ce fameux David alors, si c'était pour le quitter si rapidement ? Parce qu'elle voulait un père pour son enfant ? Mais c'était *lui* le père de son enfant ! Pourquoi ne le lui avait-elle pas dit ? Peut-être qu'elle était déjà avec ce connard de David avant de sortir avec lui ? Qu'elle ne l'avait considéré que comme une aventure dépaysante avant de retourner dans les bras de *l'autre* ?

Les questions fusaient dans sa tête, et il sentait que toutes ces possibilités et cette incertitude faisaient monter en lui une colère sourde. Il était parti se battre pour son *putain* de pays, pensant qu'Eva l'attendrait et qu'il mènerait la vie dont ils avaient rêvé ensemble si souvent… Même s'ils ne s'étaient fréquentés que peu de temps avant qu'il ne soit obligé de repartir, leur complicité leur promettait un avenir heureux.

Mais, apparemment, tout cela n'avait été qu'un mirage.

Cette histoire, à laquelle il s'était accroché lorsque les bombes explosaient autour de lui, lorsqu'il n'arrivait pas à dormir, assailli par la peur de la mort et de la guerre, n'avait été qu'un *putain* de mirage !

Il eut soudain une furieuse envie de crier, de tout mettre par terre, de frapper le mur avec son poing. Mais la pauvre Elena ne méritait pas cela. Elle était venue chercher un père – *lui* – et, même s'il n'était pas parfait, il n'était pas suffisamment con pour décharger sa colère sur elle ni devant elle.

Il inspira profondément et se força à se calmer.

— Que s'est-il passé ? demanda-t-il. Entre ta maman et cet homme ? *David*, c'est ça ?

— Oui, David... confirma-t-elle. Comme je vous l'ai dit...

— Tu peux me tutoyer, tu sais... l'interrompit-il.

Elle le regarda en souriant, puis reprit.

— Comme je *te* l'ai dit, j'étais petite. Je n'avais que quatre ans lorsqu'ils se sont séparés. Mais, d'après ce que ma mère m'a dit, ils n'étaient pas compatibles. J'ai donc été élevée par une mère célibataire. David a complètement disparu de notre vie après le divorce.

— Cela n'a pas dû être facile pour elle, commenta-t-il.

Eli avait plus de quatre ans lorsque Teiko était décédée, mais était encore jeune. Tyree avait dû se battre pour affronter tout seul le rôle de père et de mère ; pour faire en sorte que son fils ne prenne pas de mauvais chemins...

Au moins, Eva avait dû pouvoir compter sur son

père. Tyree l'avait rencontré une fois et il se souvenait qu'il semblait avoir largement les moyens d'aider sa fille et sa petite-fille.

— Elle s'en est très bien sortie, en tout cas, répondit Elena. J'ai eu une enfance très heureuse.

Elle s'interrompit et sembla hésiter à poursuivre, comme si elle avait peur d'avoir dit quelque chose de mal.

— Enfin, ce que je veux dire, c'est que je ne suis pas venue ici parce que je suis malheureuse et que je compte sur toi. Ma vie est géniale. Ma mère est géniale... Si je suis venue, c'est simplement parce que je voulais te rencontrer.

Ne sachant quoi répondre, il se contenta de regarder Elena avec l'air le plus agréable qu'il put afficher – car il n'était pas encore capable d'entendre sereinement qu'Eva était *géniale*...

Gênée, Elena fixa ses mains serrées sur ses genoux.

— Elle m'a souvent parlé de toi, reprit-elle après de longues secondes de silence qui lui parurent une éternité.

— Vraiment ? s'étonna Tyree.

— Oui ! Elle voulait que je sache qui était mon père... Elle m'a dit que tu étais un Marine. Un héros même ! dit-elle avec un large sourire, teinté d'une légère mélancolie.

Tyree ne savait toujours pas quoi répondre, et la regarda avec le même sourire mélancolique.

— J'ai toujours eu envie de te connaître, lui dit Eva. Tu m'as manqué, tu sais ? Même si je ne te connaissais pas, tu m'as manqué. Tu vois ce que je veux dire ? demanda-t-elle en regardant Tyree qui semblait désemparé. Tu dois me trouver complètement folle, s'excusa-t-elle. Je suis désolée de débarquer comme un cheveu sur la soupe, mais je...

— Pas du tout, la rassura Tyree. Je comprends tout à fait, dit-il doucement, alors qu'il était en train de véritablement réaliser ce qui lui arrivait.

Une fille. J'ai une fille...

Il comprenait en effet ce qu'elle voulait dire, car elle aussi lui avait manqué. Même s'il ne savait pas qu'elle était sa fille, il comprit, à ce moment-là, qu'il avait toujours ressenti une sorte de manque au fond de lui...

— Je sais que cela peut paraître fou, mais j'ai voulu te connaître toute ma vie, déclara-t-elle. Et quand j'ai appris qu'en réalité, tu n'étais pas mort, je suis venue immédiatement. J'aurais peut-être dû te l'annoncer autrement, mais...

— Attends ! *Quoi ?*

Tyree se pencha en avant et la regarda au fond des yeux, essayant de comprendre ce qu'elle venait de dire. Son cœur battait si fort qu'il résonnait dans sa tête.

— Qui t'a dit que j'étais mort ? demanda-t-il d'une voix glaciale.

— Euh, je ne sais pas... balbutia Elena, percevant

son malaise. Je l'ai toujours su, en fait, tenta-t-elle d'expliquer.

— Mais *qui* te l'a dit ? répéta froidement Tyree.

— Moi !

Il leva brusquement la tête en direction de la voix.

Il lui sembla avoir une vision. Elle se tenait dans l'embrasure de la porte, un sac de voyage à la main. Elle était magnifique. Elle n'avait pas changé.

Son cœur battit plus fort. Le temps sembla se suspendre, le passé se mêlant au présent. Elle avait la même coupe courte qu'à l'époque. Comme Elena d'ailleurs. Et elle avait les mêmes grands yeux, la même bouche charnue, les mêmes pommettes saillantes...

Elle était moins maigre que lorsqu'elle avait dix-neuf ans, mais cela lui allait parfaitement. Elle était tout simplement devenue une femme. Une femme superbe. Tellement belle que cela lui fut presque douloureux.

Autrefois, il l'avait aimée. Mais maintenant, la seule chose à laquelle il pouvait penser en la regardant, c'était qu'elle l'avait trahi. Il ressentit une douleur intense.

— Je lui ai dit que tu étais mort à la guerre, reprit-elle.

Le passé ressurgit dans l'esprit de Tyree à la vitesse du son.

— Il faut que tu me comprennes, ajouta-t-elle, une larme coulant sur sa joue.

— *Que je te comprenne ?*

Il laissa éclater sa colère sans pouvoir y faire quoi que ce soit. Soudain, tout remonta à la surface : la douleur qu'il avait ressentie lorsqu'elle avait disparu de sa vie. Ce sentiment d'infériorité que cet abandon avait provoqué et qui l'avait blessé au plus profond de lui-même. Il savait qu'Eva venait d'une famille aisée et que son père n'approuvait pas leur relation. Mais lui avait cru à leur histoire. Il avait été sincère. Alors qu'elle... Il comprenait à présent qu'elle n'avait voulu qu'une aventure. Se taper un soldat en attendant de retrouver son connard de mec.

— *Que je te comprenne ?* grogna-t-il à nouveau en se levant avec un sourire amer.

Il vit la crainte dans les yeux d'Elena et tenta de se contenir, mais cela lui fut impossible. C'était comme si la chape qu'il avait mis tant d'années à construire pour enterrer le passé s'était rouverte d'un seul coup, laissant remonter à la surface un flot d'émotions et de souvenirs d'une violence inouïe, qu'il était incapable de maîtriser.

— C'était trop difficile de lui dire la vérité ? demanda-t-il avec hargne.

Eva était tétanisée, muette. Elle le regardait avec les mêmes grands yeux que ceux de sa fille. *Leur* fille.

Il contourna son bureau et s'approcha d'elle. Elle se raidit, mais ne bougea pas.

— Tu as préféré me tuer ? siffla Tyree, animé par une profonde colère. Tu as préféré lui raconter que j'étais un héros, mort en tentant de sauver le monde ? Tu trouvais que c'était mieux que la réalité ? Mieux que de lui dire qui était vraiment son père, un pauvre type sans argent avec qui tu as eu la folie d'avoir une histoire.

Il n'était qu'à quelques centimètres d'elle. Si près qu'il l'entendait respirer. Il la regardait fixement, attendant qu'elle lui réponde. Il voulait qu'elle avoue, qu'elle admette. Qu'elle répare, si cela était encore possible.

— Mais peut-être qu'il n'y a jamais vraiment *d'histoire* ? reprit-il d'un ton ironique et cruel.

C'en fut trop pour Eva. Sans qu'il s'y attende, ni elle non plus d'ailleurs, elle le gifla, si fort qu'elle eut mal à la main.

Elle le fixa avec fureur. Tyree s'attendit à ce qu'elle explose à son tour, à ce qu'elle lui donne enfin sa version, mais elle ne dit rien. Apparemment, même si elle venait de le gifler, elle avait appris, avec le temps, à se contrôler.

Elle détourna légèrement le regard en direction de son bureau, et il comprit qu'elle regardait la photo de Teiko et Elijah. Elle regarda ensuite son alliance, avant de le regarder à nouveau dans les yeux.

À ce moment-là, Tyree fut assailli par un sentiment de honte incommensurable, et détourna le regard.

— Tu as trouvé un logement ? demanda finalement Eva à sa fille.

— Non, maman, répondit Elena en levant les yeux au ciel. Je dors sous les ponts depuis une semaine, ajouta-t-elle avec ironie. Évidemment que j'ai trouvé un logement. Je sous-loue l'appartement d'un ami qui fait ses études à Cambridge.

— Très bien, commenta d'un ton vif et efficace. Marianne m'a réservé une chambre au Driskill. Je vais y aller et t'envoie un message dès que je suis là-bas pour te donner le numéro de ma chambre. Rejoins-moi à neuf heures demain matin. On prendra le petit-déjeuner ensemble, ordonna-t-elle à sa fille d'un air sévère – le même que celui que Tyree avait si souvent vu aux généraux de l'armée. Ne sois pas en retard.

— Bien, chef ! répondit Elena.

Eva lança un dernier regard à Tyree – si froid qu'il lui glaça le sang – puis tourna les talons, s'éloignant du bureau comme une tornade.

D'ailleurs, lui aussi avait l'impression d'en être une. Il bouillait de l'intérieur. Mais il eut à peine le temps de reprendre ses esprits qu'Elena s'approcha de lui et laissa à son tour éclater sa colère.

— Non, mais ça ne va pas ! Qu'est-ce qui t'a pris ? hurla-t-elle.

Tyree la regarda en se disant qu'elle avait hérité du même tempérament que ses deux parents...

Soudain, on frappa à la porte. Il se tourna et découvrit Brent qui avait l'air inquiet.

— Tout va bien ? J'ai entendu crier... dit-il avec circonspection.

— Oui, oui, tout va bien, répondit Tyree d'un ton plus sec qu'il ne l'aurait voulu.

— Vraiment ? insista Brent en s'adressant à Elena.

— Oui, vraiment acquiesça-t-elle. Tout va bien, merci.

Brent hocha lentement la tête, et Tyree lut sur son visage qu'il ne comprenait rien à ce qui était en train de se passer.

— Je suis désolée, c'est moi qui ai dit à Mme Anderson qu'elle pouvait venir dans ton bureau, déclara-t-il d'un air désolé. Je n'aurais peut-être pas dû, mais elle m'a dit qu'elle était une amie de la famille et la mère d'Elena...

— Attends... dit Tyree d'un air perplexe. Vous deux vous connaissez ? demanda-t-il en regardant tour à tour Brent et Elena.

— Nous nous sommes rencontrés au bar, tout à l'heure, expliqua Brent.

— Comment ça ? demanda Tyree en se tournant vers Elena, levant un sourcil en signe d'interrogation, comme il le faisait lorsqu'il voulait tirer les vers du nez à Eli.

— Oui, bon... expliqua Elena avec embarras. J'ai trouvé un appartement, mais il se trouve que je mange aussi. Mais je suis étudiante et ne roule pas sur l'or, figure-toi. J'ai donc demandé à Brent, tout à l'heure, s'il n'y avait pas du travail pour moi...

— Ici ? demanda Tyree.

— Ben... oui ! Mais je n'ai pas osé te demander directement à toi, car je trouvais la situation un peu bizarre...

Tyree passa une main sur sa tête rasée et soupira. Il se sentait accablé par tant de nouveautés et de choses à gérer.

— Bon, on en reparlera, dit-il à Elena. Merci Brent, lança-t-il en direction de son ami. Tu peux nous laisser.

Brent jeta un coup d'œil vers Elena, comme pour lui demander confirmation, ce qui irrita Tyree ; faisait-il peur à ce point ?

Elena hocha la tête et Brent partit en fermant la porte.

Lentement, Tyree retourna s'asseoir à son bureau. Il se sentait sous tension. Mais, après tout, il en avait le droit, non ? Il venait d'apprendre qu'on lui avait volé sa fille. Qu'*Eva*, lui avait volé sa fille.

Il repensa à tous ces moments merveilleux qu'il avait partagés avec Eli depuis sa naissance et ressentit une profonde amertume en réalisant qu'il n'avait pas eu la chance de vivre cela avec Elena : ses premiers pas, ses anniversaires, ses premiers jours d'école... Tout cela était perdu à jamais.

Il leva vers les yeux vers elle avec l'intention de

lui dire toute la peine qu'il ressentait à l'idée d'être passé à côté de son enfance et de son adolescence, mais, lorsqu'il croisa son regard, il fut saisi par la colère qu'il découvrit en elle.

— Ma mère a passé les vingt-trois dernières années à croire que tu étais mort, et tu ne trouves rien de mieux que de l'accuser de s'être moquée de toi ? le tança-t-elle.

Tyree ne lui en voulut pas, mais ne comprenait rien à ce qu'elle était en train de lui dire.

— Attends... doucement... dit-il en fronçant les sourcils. C'est bien elle qui t'a dit que j'étais mort ?

— Si tu l'avais écoutée jusqu'au bout, elle t'aurait expliqué. Mais tu t'en fiches, au fond, de ses explications. Tu l'as déjà condamnée, n'est-ce pas ? répondit-elle d'un ton acerbe.

— Mais explique-moi alors ! Je ne comprends rien ! s'exclama-t-il, se sentant soudain incroyablement fatigué.

— Elle m'a dit que tu étais mort, parce qu'elle le croyait. Parce que mon grand-père était un connard et qu'il lui a fait croire que tu étais mort. Maman n'arrêtait pas de me dire à quel point tu étais génial. Elle me parlait de votre histoire comme d'un conte de fées. Sauf que la fin était moins heureuse que dans les livres pour enfants.

— Leroy lui a dit que j'étais mort ?

— Oui, confirma Elena. Et c'est pour ça qu'elle me l'a dit. Elle m'a toujours beaucoup parlé de toi, pour que je grandisse avec l'image d'un père. Mais, au fond de moi, je crois que j'ai toujours su que tu n'étais pas mort.

— Pourquoi ? demanda Tyree en fronçant les sourcils.

— Parce que je crois aux contes de fées, répondit Elena avec un léger sourire. Or, dans les contes de fées, le prince charmant finit toujours par revenir.

— Qui te dit que je suis le prince ? Je suis peut-être le méchant de l'histoire ?

— Comment ça ? demanda Elena en plissant le front.

— Tu vois bien que je peux me comporter comme un véritable connard, répondit-il en pensant à la cruauté avec laquelle il avait parlé à Eva.

SIX

Eva se précipita vers la sortie du bar, son sac de voyage à l'épaule.

Qu'est-ce qui lui avait pris ? Franchement ! Comment avait-elle pu être suffisamment naïve pour tout plaquer et prendre le premier avion pour retrouver sa fille et Tyree ? Mais, surtout, comment pouvait-elle être suffisamment idiote pour être triste qu'il ne l'ait pas prise dans ses bras et qu'il ne l'ait pas embrassée avec fougue plutôt que de lui hurler dessus ?

Lorsqu'elle fut dehors, elle s'arrêta net et tenta de reprendre ses esprits. Elle était claire-ment en train de perdre la raison, ou alors, elle lisait trop de romans d'amour, mais elle devait l'admettre : elle avait imaginé les choses de manière tout à fait différente. Elle aurait adoré que Tyree la serre contre lui et qu'il la félicite d'avoir élevé seule et si bien leur magnifique fille.

Tu es ridicule ma pauvre ! se dit-elle à elle-même.

Elle s'en voulait d'avoir pu penser que Tyree serait heureux de la retrouver. Après tout, elle aurait dû se douter qu'il avait fait sa vie. Il avait un bar, une famille qu'il aimait visiblement, à en croire la photo sur son bureau et l'alliance qu'il portait au doigt.

Quant à elle, elle avait sa vie à San Diego : un travail, des amis... Austin n'était qu'un mirage. D'ailleurs, elle n'était venue que pour protéger sa fille, pas pour elle. Elle devait à tout prix revenir à la réalité ; ce serait mieux pour tout le monde.

Elle remontait doucement la sixième rue, dans la douceur du soir. Malgré l'heure relativement tardive – il était vingt-deux heures passé –, la rue était encore très animée. Austin était décidément une ville agréable. Elle y avait vécu quelque temps lorsqu'elle était étudiante, et elle se souvenait que la vie ici lui avait beaucoup plu à l'époque.

Se dirigeant vers le nord, elle prit une plus petite rue à gauche en direction de son hôtel, le Driskill. Il s'agissait d'un immeuble relativement ancien niché au milieu de constructions modernes, ce qui lui donnait un charme particulier. Elle entra dans le hall principal, qui donnait sur le fleuve Brazos, et salua le groom qui l'accueillit avec un large sourire. L'endroit était magnifique : sol en marbre, hauts plafonds, et une multitude d'objets d'art positionnés un peu partout. Elle avait l'impression de pénétrer dans le XIXe siècle.

Elle avait hâte de s'installer et de sortir son appareil photo pour prendre quelques clichés. Elle se dirigea donc vers la réception pour récupérer la clé de sa chambre, et demander à ce qu'on lui apporte une brosse à dents, ayant oublié la sienne dans la précipitation de son départ.

Une fois arrivée dans sa chambre, au troisième étage, elle envoya immédiatement un texto à Elena pour lui indiquer le numéro de sa porte, comme elle le lui avait promis. Elle reçut aussitôt une réponse : une émoticône avec le pouce levé.

Elle s'assit sur son lit et inspira profondément. Sa colère s'était dissipée. Après tout, Tyree avait dû réagir sous le coup de l'émotion. Tout avait dû être un choc pour lui. Elle, en revanche, savait depuis un mois qu'il était vivant et elle avait donc eu du temps pour se faire à l'idée et penser à ce qu'elle lui dirait lorsqu'elle le reverrait. Certes, son voyage improvisé depuis San Diego avait été éprouvant, mais ce n'était rien par rapport à ce que Tyree avait dû ressentir en apprenant qu'il avait une fille et en revoyant la femme qu'il avait aimée après toutes ces années. Bien sûr, la brutalité de la réaction qu'il avait eue envers elle lui avait fait mal, mais elle devait le comprendre.

Elle espérait qu'il prendrait le temps de réfléchir et finirait par digérer tout cela. Peut-être qu'Elena réussirait à lui expliquer comment elle et Eva avaient cru, pendant toutes ces années, qu'il était décédé.

D'ailleurs, c'était une bonne chose que ce soit Elena qui lui raconte ce qu'il s'était passé.

Elle est sa fille, après tout. Tyree aura certainement envie de renouer avec elle, mais pas avec moi, pensa Eva.

Elle ferma les yeux et repensa à la photo qu'elle avait vue sur son bureau avec sa femme et son fils. Elle aurait aimé ne pas ressentir cette pointe de tristesse – ou de jalousie – qui lui pinçait le cœur, mais elle était incapable de faire autrement.

Pourtant, elle savait que ses sentiments n'étaient pas justifiés. Elle-même avait refait sa vie – pourquoi Tyree n'aurait-il pas eu le droit de refaire la sienne ? Mais, c'était plus fort qu'elle. Bien sûr, elle ne lui en voulait pas de l'avoir oubliée et d'avoir fondé une famille avec une autre femme. Simplement, elle ne pouvait s'empêcher de souffrir. Lorsqu'elle l'avait vu dans son bureau, avec Elena, elle avait aussitôt retrouvé son regard doux et gentil, ses larges épaules, et ses bras musclés. En y repensant, seule dans sa chambre d'hôtel, il lui semblait sentir à nouveau sur elle la chaleur de ses mains sur elle, et la douceur de ses lèvres qu'il avait si souvent déposées contre les siennes.

Elle aurait tant aimé qu'il la tienne à nouveau serrée contre lui, mais cela n'était qu'un fantasme et n'arriverait jamais.

Arrête de rêver Eva Anderson ! se dit-elle en rouvrant les yeux.

Comme pour chasser ses inepties, elle soupira, et se dirigea vers la salle de bain où elle se déshabilla et enfila le peignoir blanc et moelleux qui était mis à sa disposition. Déterminée à se changer les idées, elle retourna ensuite dans la chambre où elle s'installa confortablement dans le lit et alluma la télé, à la recherche du programme le plus idiot qu'elle puisse trouver. Elle voulait à tout prix oublier ce qui s'était passé plus tôt avec Tyree ; ainsi, lorsqu'elle le reverrait, ils pourraient recommencer à zéro, en se comportant cette fois comme des adultes.

Elle commençait tout juste à s'endormir devant un vieux sitcom des années quatre-vingt, lorsqu'elle entendit frapper à sa porte.

Elena...

Cette pensée la réveilla immédiatement et elle ne put s'empêcher de ressentir une profonde culpabilité. Pourquoi avait-elle dit à sa fille de la rejoindre seulement le lendemain ? Elle aurait dû lui demander de la rejoindre le soir même. Elle venait de retrouver son père ; elle devait être sous le coup de l'émotion et avait besoin de sa mère. Évidemment !

Resserrant son peignoir, Eva se précipita vers la porte pour accueillir sa fille.

Mais, en ouvrant la porte, elle se figea. Ce n'était pas Elena qui se tenait devant elle, mais Tyree.

— Oh... Euh... balbutia-t-elle avec l'envie de

disparaître dans un trou de souris. Je ne t'attendais pas… reprit-elle, regrettant immédiatement de dire autant de bêtises.

Tyree la fixait, avec cette même douceur que celle dont elle se souvenait et qui lui avait si cruellement manqué tout au long de ces années. Réalisant alors qu'elle était nue sous son peignoir, elle serra sa ceinture un peu plus fort et ferma son col avec sa main. Elle se détesta pour s'être changée. Elle ne ressemblait à rien dans ce morceau d'éponge qui, en plus, devait faire ressortir les quelques kilos qu'elle avait pris au fil du temps et qu'elle avait tant de mal à perdre malgré ses efforts.

— Je suis désolé de débarquer comme ça, dit Tyree après s'être éclairci la gorge.

Il avait l'air aussi gêné qu'elle, mais sa voix avait retrouvé toute la sensualité qu'elle avait gardée précieusement en mémoire.

— Je me suis dit qu'après mon numéro de tout à l'heure, tu aurais refusé de me voir si je t'avais appelée d'abord, se justifia-t-il avec un léger sourire.

Elle lui sourit en retour, incapable de répondre. La vérité était qu'il avait raison et qu'elle aurait certainement choisi de ne pas le voir, mais elle avait dit suffisamment de bêtises pour la journée et décida de ne pas le lui avouer. D'autant plus qu'elle savait qu'Elena était certainement derrière tout ça – le Driskill était un hôtel beaucoup trop chic pour donner le numéro de chambre de ses clients au premier venu – et elle ne voulait pas faire de peine à sa fille qui avait certainement envie que ses parents se retrouvent.

— Je peux entrer ? demanda-t-il timidement.

Prise de court, Eva pensa à son peignoir et à son lit défait, jugeant le contexte inapproprié.

— Je ne sais pas... ce ne serait pas...

— Je promets de ne pas te manger, l'interrompit-il d'un ton à la fois ironique et tendre.

Pourtant, ses mots qui se voulaient rassurants provoquèrent en elle l'inverse de l'effet escompté. Elle sentit ses seins durcirent, tandis qu'une douce chaleur envahit le bas de son ventre et l'intérieur de ses cuisses. Elle se détesta de réagir comme une adolescente en plein éveil hormonal, et se força à prendre le dessus sur son corps.

— Je ne remets pas en cause ton honnêteté, mais je ne suis pas certaine que cela soit une bonne idée. D'ailleurs, que penserait ta femme ?

Elle regretta immédiatement ses mots, surtout lorsqu'elle constata qu'ils provoquèrent chez Tyree une tristesse qu'il fut incapable de dissimuler.

— Je suis vraiment désolée, je ne voulais pas... s'excusa Eva.

— Elle est décédée. Il y a sept ans.

Eva était mortifiée et réfréna une vive envie de le prendre dans ses bras pour le consoler.

— Lorsque j'ai vu la photo sur ton bureau, ton alliance, j'ai pensé...

— Ce n'est rien, l'interrompit Tyree en voulant la rassurer.

L'un et l'autre se turent un instant et laissèrent le silence s'installer. Eva eut la désagréable sensation que la femme décédée de Tyree s'était immiscée entre eux, et elle ressentit une sorte de jalousie et de colère à l'encontre de celle qui l'avait remplacée dans les bras de l'homme qu'elle avait aimé.

Tu es complètement folle, ma pauvre ! se réprimanda-t-elle elle-même.

Cela faisait vingt ans qu'elle n'avait pas vu Tyree. De quel droit se permettait-elle d'éprouver de la jalousie envers la vie qu'il avait eue ?

— Bon, écoute, reprit Tyree, brisant enfin le silence. Je comprends que tu ne veuilles pas me laisser entrer dans ta chambre, mais je voudrais que nous puissions parler. Que dirais-tu de prendre un verre avec moi au bar de l'hôtel ? C'est un terrain neutre, non ?

— Je n'ai pas vraiment la tenue appropriée pour aller boire un verre, prétexta-t-elle en regardant son peignoir.

— Arrête ! fit-il d'un ton enjoué. Je suis sûr qu'il y a tout ce qu'il faut dans ton sac de voyage.

Eva éclata de rire.

— Bien sûr. J'ai pris les plus belles pièces de ma garde-robe. Uniquement des robes de créateurs ! ironisa-t-elle.

Le silence se fit à nouveau, mais, cette fois, elle le regarda avec tendresse.

— Merci d'avoir accueilli Elena, finit-elle par lui dire avec douceur.

Tyree pencha la tête et la regarda avec un sourire qui la fit aussitôt chavirer.

— Qu'est-ce qui te dit que je l'ai accueillie ? plaisanta-t-il.

— Elle ne t'aurait pas donné mon numéro de chambre si tu t'étais comporté comme un âne.

— Je me suis comporté comme un âne, admit-il. Mais, après que tu es partie, j'ai tout fait pour me rattraper, lui dit-il d'un ton qui exprimait tous ses remords.

— Merci, se contenta-t-elle de répondre.

Elle passa doucement la langue sur ses lèvres, cherchant ses mots. Cette fois, elle ne voulait pas se tromper ni être maladroite. Mais, Dieu qu'il lui était difficile de se concentrer avec Tyree si près d'elle, nue sous son peignoir !

— En fait... commença-t-elle, je sais qu'Elena est adulte désormais, mais elle a cette image de toi...

Elle s'interrompit et le regarda dans les yeux.

— Pour elle, tu es une sorte de super-héros, reprit-elle. Un personnage romantique parti au combat et tué sur le champ de bataille. Elle s'est construit une image de toi presque féerique à partir des quelques informations qu'elle avait à ton sujet.

— Et toi ? demanda-t-il.

— Moi, j'ai ressenti exactement la même chose, concéda-t-elle avec un large sourire. Mais il ne s'agit pas de moi. J'aimerais vraiment que tu la comprennes. Elena est une fille intelligente, et déterminée. Mais, malgré cela, elle est encore jeune et reste fragile. Or, j'ai peur qu'en te retrouvant, après avoir cru que tu étais mort pendant tout ce temps, elle ne se perde encore davantage dans son imaginaire de conte de fées.

Elle s'interrompit tandis qu'un couple de clients passa derrière Tyree, se demandant de toute évidence ce qu'il se passait.

— Tu vas penser que je divague, reprit-elle lorsque le couple disparut, mais le fait est qu'elle est ta fille, même si tu ne l'as pas voulue. Et je ne te demande pas de l'accepter dans ta vie, s'empressa-t-elle de poursuivre avant qu'il ne puisse dire quoi que ce soit, mais, je t'en prie, ne lui fais pas de mal.

— Tu crois sincèrement que j'en serais capable ? demanda-t-il en fronçant les sourcils.

— Nous ne nous sommes pas vus depuis plus de vingt ans, se justifia-t-elle. Je ne sais plus qui tu es, Tyree...

— Alors, justement ! s'exclama-t-il. Apprends à me connaître à nouveau. Viens boire un verre avec moi ! Donne-moi une chance de me rattraper pour m'être comporté comme un idiot tout à l'heure. Laisse-moi te montrer que je ne suis pas un connard qui pourrait faire du mal à notre fille.

Notre fille.

Ces mots la rassurèrent, mais, en même temps, lui rappelèrent quelle était sa priorité. Elena avait beau avoir vingt-trois ans, elle restait une petite fille qui voulait retrouver son papa. Eva était une mère. Elena venait avant tout le reste, et cela serait toujours le cas.

Et puis, de toute façon, Tyree devait lui aussi avoir besoin de temps. Bien sûr, elle ne s'attendait pas à ce qu'un verre au bar se transforme inexorablement en nuit torride, mais elle préférait prendre toutes les précautions. Malgré son attirance indéniable pour lui, elle voulait se comporter en adulte, et non comme une adolescente incapable de maîtriser ses ardeurs.

— Peut-être demain ? dit-elle, un brin embarrassée de refuser son invitation.

— Demain ? reprit-il en inclinant à nouveau la tête avec cet air si séduisant. Tu me le promets ?

— Bonne nuit, Tyree, se contenta-t-elle de répondre avec un sourire.

Elle ferma la porte.

Quelle connerie d'être adulte !

SEPT

En sortant de l'hôtel, Tyree se dit qu'il devait probablement retourner au *Fix*. Il n'était pas prévu qu'il y travaille ce soir-là – Reece endossait la fonction de manager les fins de semaine –, mais il y avait toujours du travail à faire.

Mais, si d'habitude il adorait travailler au *Fix*, cette fois-ci, il n'en avait pas envie. Les émotions de ces dernières heures avaient été trop fortes, et il n'avait qu'une envie : marcher dans les rues de la ville pour prendre le temps de digérer tout cela.

D'ailleurs, cela faisait longtemps qu'il n'avait pas pris le temps de flâner. En remontant la sixième rue, il observait les devantures des restaurants, des bars, des théâtres. Il avait l'impression de redécouvrir sa ville qui, se dit-il, avait bien changé depuis qu'il s'y était installé lorsqu'il était jeune. En revanche, l'atmosphère de la sixième rue était restée la même ; il aimait cette animation permanente, tant le jour que la nuit, et se laissa happer par ses lumières, ses parfums, et son rythme effréné et gai.

C'était exactement ce qu'il lui fallait. Il avait envie de se perdre, de s'oublier lui-même. De ne plus penser à cette mélancolie teintée de regrets qu'il ressentait depuis qu'Elena était entrée dans son bureau pour lui dire qu'il était son père. Mais, plus que tout, il devait admettre qu'avoir revu Eva l'avait perturbé plus qu'il ne l'aurait souhaité.

Il aurait tellement aimé passer la soirée avec elle, autour d'un verre de whisky. Il se souvenait que, déjà jeune, lorsqu'ils étaient ensemble, elle adorait cet alcool fort qu'elle buvait pur, et sans glaçons. La première fois qu'elle en avait commandé un, alors qu'il s'était étonné de son choix, elle lui avait expliqué que c'était son père qui lui avait appris à aimer le whisky. Il refusait que sa fille boive des alcools de midinette, avait-elle ajouté en riant.

Il se demanda alors ce qu'elle penserait de sa carte des boissons. Au *Fix*, ils ne servaient pratiquement que des cocktails « pour midinettes » : margaritas, mojitos, et autres sex on the beach. Il s'amusa à penser que la prochaine fois qu'Eva et Elena viendront le voir au *Fix*, il leur servirait sa sangria maison, qu'il préparait lui-même et que les clients adoraient. Il verrait ainsi si Elena tenait plus de sa mère ou de lui en matière d'alcool !

Alors qu'il prenait la direction de l'Est, il ne

faisait que penser à Eva et Elena. Ce n'est que lorsqu'il passa devant une sandwicherie, en sentant l'odeur du pain chaud et de la viande, qu'il s'aperçut qu'il avait faim. Il était presque à la hauteur du *Fix* et aurait pu aller y grignoter quelque chose, mais il décida finalement d'aller chez son principal concurrent, le *Déliss*.

Il y avait beaucoup d'autres bars dans le quartier, et tous se valaient à peu près. Mais le *Déliss* était celui qui représentait le plus gros danger pour le *Fix*. Il s'agissait en fait d'une franchise qui appartenait une chaîne présente dans tout le pays. Le genre d'endroit dont les managers étaient de véritables requins et se donnaient pour mission d'anéantir leurs concurrents. Or, même dans une ville comme Austin dont les habitants aimaient consommer local, le *Déliss* avait du succès et menaçait de transformer le quartier.

Avant d'entrer, il s'arrêta un instant devant la devanture, toute de vitre et de chrome. De fausses pièces automobiles ornaient chaque côté de l'enseigne et deux mannequins court-vêtues et souriantes étaient disposées d'un côté et de l'autre de la porte. À l'intérieur, de vraies serveuses, encore moins habillées que les fausses, déambulaient dans tous les sens, un plateau à la main. Tyree les observait depuis l'extérieur : elles portaient des shorts si courts qu'on aurait presque dit des bas de bikini. Quant à leur tee-shirt, il laissait entrevoir la dentelle rouge du soutien-gorge que toutes semblaient porter et qui devait faire partie de leur uniforme.

Il finit par entrer, mais personne n'était au stand d'accueil. En attendant que quelqu'un vienne l'accueillir, il prit un menu et l'étudia, fronçant le nez devant le faible nombre de cocktails proposés, dans lesquels il savait qu'il y avait plus d'eau que d'alcool.

Comment les clients peuvent-ils se faire avoir à ce point et continuer de venir ici ? se demanda-t-il.

D'ailleurs, il n'aurait jamais cru qu'un tel établissement puisse avoir du succès s'il n'avait pas vu certains des anciens habitués du *Fix* attablés avec une bière de mauvaise qualité et une assiette de frites devant eux, les yeux rivés sur un écran de télévision qui diffusait des matches en continu.

— C'est ça que les gens veulent !

Tyree tourna la tête et découvrit Steven Kane, le patron des lieux, qui semblait être apparu de nulle part. Il fut à moitié étonné ; il avait toujours considéré Steven comme un vampire suçant le sang de la communauté – peut-être était-il réellement un vampire capable de se matérialiser à partir de la poussière et de la fumée, après tout ?

— Tu veux dire des filles à poil et des boissons bas de gamme ? ironisa Tyree.

Steven sourit d'un air narquois.

— C'est aussi un peu ce que tu proposes, non ? Tu organises toujours tes concours de mecs torse nu, il me semble…

— Arrête Steven ! protesta Tyree. Tu sais parfaitement que cela n'a rien à voir...

— Ne le prends pas mal, fit mine de se défendre Steven. Je trouve que ce que tu fais est très bien... d'ailleurs, qui sait, peut-être que je vais me mettre à faire la même chose ici. C'est ça, après tout, les États-Unis, non ? Le libéralisme et la concurrence à outrance...

Tyree détourna le regard, ne supportant plus de regarder Steven, qu'il méprisait au plus haut point. Aussitôt, il aperçut Aly, l'une de ses employées, qui était en train de prendre une commande.

— C'est ton idée de la concurrence ? demanda-t-il à Steven avec mépris. Aller débaucher les employés des autres ?

— Je n'ai pas eu à beaucoup insister... Je crois que le salaire que j'offre aux serveuses est largement supérieur à celui que tu leur proposes...

— Écoute-moi bien Steven, dit Tyree entre ses dents, je ne peux pas t'empêcher de recruter mes employés. Mais si jamais j'apprends que tu as mis un seul pied dans mon bar pour m'en piquer d'autres, je t'assure que tu auras affaire à moi. C'est clair ?

— Eh ! du calme, rétorqua Steven en levant les mains, toujours le même sourire insupportable aux lèvres. Laisse-moi plutôt te payer un verre, ça va te détendre...

— Je te demande simplement d'éviter de te trouver sur mon chemin, et loin de mon bar, répéta

Tyree d'un ton menaçant. J'espère pour toi que tu as bien compris.

— Bon, j'ai à faire. Mais n'hésite pas à t'installer… Je te fais apporter notre cocktail spécial si tu veux. Le *Pinolicious Punch*. Tu verras, c'est excellent ! lança Steven d'un ton doucereux avant de tourner les talons et de s'enfuir comme le rat qu'il était.

Pinolicious Punch mon cul ! pensa Tyree en le regardant s'éloigner.

Il bouillonnait toujours lorsqu'Aly s'approcha de lui, le tirant de ses pensées.

— Salut ! lança-t-elle d'un air maladroit. Je suis vraiment désolée, Tyree. Mais j'avais vraiment besoin de plus d'argent. Je sais que j'aurais dû te le dire. Je vais essayer d'assurer les deux jobs quelque temps, mais je ne suis pas sûre de tenir très longtemps…

— Ne t'inquiète pas, la rassura-t-il. Je comprends…

En fait, c'était surtout à lui-même qu'il en voulait. Tiffany l'avait prévenu que Steven était plusieurs fois venu voir Aly, qui était l'une des meilleures serveuses du *Fix* et que Tyree avait formée en tant que barmaid. Mais il n'avait rien fait pour la garder, et il ne pouvait donc s'en prendre qu'à lui-même.

Il commença à partir, puis fit une pause et retourna vers Aly.

— Au fait, lui dit-il. Le *Pinolicious Punch*. Est-ce que…

— Presque, l'interrompit-elle, comprenant immédiatement où il voulait en venir. Il met des pommes à la place des pêches, et pas de Schnapps, car il dit que ça coûte trop cher. En tout cas, je t'assure que cela n'a rien à voir avec ce qu'on sert au *Fix*, le rassura-t-elle.

— Merci, répondit-il, soulagé que ce connard de Steven, même s'il lui piquait ses recettes, n'arrive pas à faire aussi bien que lui.

Malgré tout, en sortant, il regretta de laisser Aly entre les mains de cet imbécile de Steven et songea à réévaluer son salaire. Après tout, elle le méritait et, surtout, le *Fix* avait besoin d'elle.

Il regagna sa voiture, et parcourut la courte distance qui le séparait de sa maison, en pensant à son travail et à sa famille. L'équilibre avait toujours été difficile à trouver pour lui. Il regrettait parfois de ne pas passer suffisamment de temps avec Eli, qui, finalement, était sa priorité.

Même si, désormais, il était le père de deux enfants. Bien sûr, Eli restait son seul enfant mineur, et le seul dont il était légalement responsable. Mais Elena était sa fille et elle faisait partie de sa famille à présent. Il allait devoir prendre certaines décisions en conséquence...

Il se sentait épuisé. Après avoir vérifié qu'Eli était parfaitement endormi, il alla dans sa chambre et se coucha directement. Vidé, il avait hâte de dormir et d'oublier un peu les événements de la journée. Mais le sommeil ne vint pas et, après une heure à tenter de trouver les bras de Morphée, en vain, il se décida à aller regarder la télévision dans le salon. Il s'assit dans le canapé et regarda le premier programme sur lequel il tomba en appuyant sur le bouton de la télécommande. De toute façon, il ne regardait pas vraiment. Toutes ses pensées le ramenaient à Eva.

Son refus d'aller boire un verre avec lui l'avait profondément attristé, et il essayait d'en comprendre la raison. Il devait bien admettre que la revoir lui avait fait de l'effet. En lui parlant, plus tôt, sur le pas de sa chambre d'hôtel, il n'avait pu s'empêcher d'imaginer son corps nu contre le sien, sa douceur, et le plaisir qu'il aurait eu à la retrouver.

Mais, plus que tout, il avait eu envie de *parler* avec elle. Il aurait aimé qu'elle lui parle d'Elena, de toutes ces années qu'il avait manquées. Son enfance. Ses premiers pas. Ses amis, ses rêves... Il avait besoin qu'Eva réécrive pour lui les souvenirs de sa fille qu'il n'avait pas.

C'était tout. Il ne voulait rien de plus d'Eva.

Pas de sexe. Uniquement une relation de parents, d'adultes. C'était clair.

Et maintenant qu'il avait fait le point avec lui-même, il se dit que, enfin, il réussirait à trouver le sommeil. Il éteignit donc la télévision et retourna dans sa chambre.

Il se glissa dans ses draps et ferma les yeux. Il repensa au corps de Teiko contre le sien. Mais immédiatement, il repensa aux longues jambes d'Eva et à la façon dont elle les bougeait sans cesse pendant son sommeil. Une fois, elle lui avait même donné un coup dans les testicules. Après cela, il l'avait surnommée « jambes dangereuses ». Amusé à l'évocation de ce souvenir, il rouvrit les yeux. Comment avait-il pu oublier ce détail ?

Sentant qu'il ne parviendrait jamais à s'endormir dans ce grand lit chargé de trop de souvenirs, il prit son oreiller et retourna dans le salon où il s'allongea dans le canapé.

Lorsqu'il rouvrit les yeux, le salon était baigné par la lumière du jour et son fils était penché au-dessus de lui.

— Ça va ? lui demanda Eli, inquiet.

— Oui, oui, tout va bien, le rassura Tyree en se frottant le crâne et en se redressant. C'est juste que je n'arrivais pas à dormir hier soir, expliqua-t-il en clignant des yeux pour chasser la fatigue.

— Es-tu venu vérifier si je dormais hier soir ? demanda Eli.

— Tu étais réveillé ?

— Pas vraiment. J'étais dans une sorte de demi-sommeil. C'était étrange...

— Bon, mais rien de particulier. Je voulais juste m'assurer que mon fils adoré allait bien.

Eli regarda son père en fronçant les sourcils, comme s'il était complètement fou.

— Et pourquoi tu es venu dormir sur le canapé ?

demanda-t-il encore, toujours avec l'air de trouver son père extrêmement bizarre.

Pour toute réponse, Tyree haussa simplement les épaules. Il ne pouvait pas décemment expliquer à son fils que cela le gênait de penser à Eva dans le lit qu'il avait partagé avec sa mère...

— Et si on faisait du pain perdu ? lança-t-il avec enthousiasme, pour changer de sujet.

— Du pain perdu... répéta Eli d'un air suspicieux. Il y a quelque chose qui ne va pas ?

— Quoi ? Euh... non. Pourquoi ? répondit Tyree en riant et en interrogeant son fils du regard.

— Chaque fois que tu me proposes de faire du pain perdu, c'est que tu as quelque chose à me dire, répondit Eli. Si jamais tu veux me faire un cours sur le sexe, je te rassure, tout va bien. Je sais même qu'il faut mettre des préservatifs ! ironisa-t-il.

— Je ne veux te parler de rien du tout, Eli, je t'assure, répondit Tyree en riant encore. Tu es sûr que tout va bien ce matin ? taquina-t-il son fils.

— Très bien, oui ! Au fait, tu te souviens que je suis chez Jeremy jusqu'à samedi ? On sera dans la maison de campagne de ses parents. Ils ont une salle de cinéma et on va pouvoir jouer à Overwatch sur un écran géant ! s'enthousiasma Eli.

— Wahou ! Super programme ! s'amusa Tyree en regardant avec tendresse son fils qui, se dit-il, était encore tellement jeune. Bon en tout cas, j'aimerais qu'on parle, c'est vrai, mais je te promets que ce ne sera pas long et que ça n'a rien à voir avec les préservatifs !

— D'accord, répondit Eli d'un air néanmoins dubitatif. Je m'occupe des pains perdus alors !

En regardant Eli exécuter parfaitement la recette, Tyree songea qu'en effet, et même s'il ne s'en était pas aperçu, il avait dû souvent parler à son fils en préparant des pains perdus... En un rien de temps, le petit-déjeuner était prêt, sans que Tyree eût à faire quoi que ce soit. Il ne lui restait plus qu'à parler d'Eva et Elena à Eli, mais ce n'était pas la partie la plus facile...

— Tu n'es pas obligé de les manger, si tu n'aimes pas... dit Eli à son père qui semblait réticent à manger le petit-déjeuner que son fils venait de lui préparer.

Tyree sortit de ses pensées et regarda son fils. Il l'aimait tellement...

— Je suis sorti avec une femme avant de rencontrer ta mère, lança-t-il à brûle-pourpoint.

— Euh... oui. Enfin, j'imagine, répondit Eli qui semblait ne pas comprendre ce que cette remarque de son père avait à voir avec le fait de manger ou non des pains perdus.

— Elle est ici, à Austin.

— D'accord... répondit Eli en regardant son père d'un air de plus en plus confus. Si tu veux me demander la permission de coucher avec elle, il n'y a aucun problème... C'est vrai que ça doit commencer à te travailler, non ?

Tyree faillit recracher le jus d'orange qu'il était en train de boire.

— Eli ! s'exclama-t-il en posant son verre et s'essuyant la bouche.

— Quoi ? demanda naïvement Eli. Ce n'est pas de ça que tu veux me parler ?

Tyree sentit son estomac se nouer à l'évocation de lui et Eva dans un lit, mais il trouvait totalement déplacé de parler de cela avec son fils et, de toute façon, ce n'était pas le moment d'y penser.

Il prit une profonde inspiration.

— Je viens de découvrir qu'elle a une fille.

Eli posa sa fourchette et garda les yeux rivés sur son père.

— Oh... OK... waouh, balbutia-t-il en s'appuyant contre le dossier de sa chaise. D'accord.

— D'accord ?

— Je veux dire, c'est la tienne donc ? C'est ça ? Sinon, pourquoi m'en parlerais-tu ?

— Oui, c'est ça, répondit Tyree, à la fois soulagé que son fils accepte la nouvelle, et fier à l'évocation d'Elena, sa fille.

— D'accord, répéta Eli, le regard un peu perdu.

— J'aimerais beaucoup que tu la rencontres, ajouta Tyree. Que vous appreniez à vous connaître tous les deux.

— Oui, bien sûr... évidemment... répondit Eli en prenant une bouchée de pain perdu. Je veux dire, c'est ta fille, ma sœur... reprit-il après quelques secondes de silence.

— Demi-sœur, précisa Tyree.

— C'est pareil ! Quel âge a-t-elle ? Son père est-il d'accord avec tout ça ?

— Elle a vingt-trois ans et elle n'a pas de beau-père. Sa mère a divorcé de l'homme qu'elle a épousé après moi il y a longtemps. Elena ne se souvient même pas vraiment de lui.

— *Elena*, nota Eli. D'accord... Bon, bah... génial alors, papa ! lança-t-il d'un air tout à fait normal. Je peux aller chez Jeremy maintenant ?

Tyree observa son fils afin de s'assurer que ce n'était pas pour lui une manière de fuir et de garder pour lui sa rancœur, mais il ne vit que le visage d'un adolescent qui avait hâte de jouer à son jeu vidéo préféré.

— Tu es sûr que tout va bien ? insista Tyree. Tu ne veux pas que nous en parlions ?

— Que nous parlions de quoi ? demanda Eli en dévisageant son père. Bon, écoute, papa, reprit-il en soupirant. Tu te souviens de Raptor ?

Tyree réprima un frisson en pensant au voyou qui avait entraîné Eli sur des chemins dangereux, après la mort de Teiko.

— Très bien oui. Et... ?

— Ne t'inquiète pas, je ne vais pas te dire que je le revois, je sais que c'est un raté...

— Mais, donc, qu'est-ce qu'il vient faire dans la conversation ? demanda Tyree, soulagé.

— Son père lui a toujours fait sentir qu'il était en trop dans sa vie. Je ne dis pas ça pour l'excuser, mais quand même, je pense que cela ne l'a pas aidé à rester sur le droit chemin. Et, donc, ce que je veux dire, c'est que je suis content que tu ne sois pas comme le connard de père de Raptor. Tu es un homme bien, toi. Donc, évidemment tu as envie de connaître ta fille. Et même chose pour moi : j'ai envie de connaître ma sœur. C'est une évidence en fait !

— Hein hein... fit Tyree en regardant son fils avec un large sourire.

— Quoi ?

— Rien ! Je me dis simplement que tu es très mûr pour un jeune de seize ans...

— Ah oui, tu trouves ? répondit Eli avec fierté. Souviens-t'en quand je te demanderai une voiture, alors ! lança-t-il en quittant la cuisine.

HUIT

— Tu m'en veux de lui avoir donné le numéro de ta chambre ? demanda Elena à sa mère avec qui elle était en train de prendre un petit-déjeuner au Driskill.

— Tu n'aurais vraiment pas dû, Elena ! On ne donne pas un numéro de chambre à n'importe qui, enfin !

— Mais ce n'est pas n'importe qui ! soupira Elena en levant les yeux au ciel. Il s'agit de mon père, je te rappelle ! Et donc il ne faut pas être sorti de Saint-Cyr pour comprendre qu'il s'est déjà passé quelque chose entre vous…

— Parfois, je te trouve déconcertante, répondit Eva en regardant sa fille d'un air désespéré.

— Je sais, je suis unique ! répondit Elena en feignant d'être fière d'elle-même.

— Oui, enfin, même s'il s'est passé quelque chose

entre nous, c'était il y a longtemps. Et je t'assure que d'être face à lui, en peignoir, avec mon lit juste derrière, était très embarrassant.

— Tu aurais préféré que je lui donne ton numéro de téléphone, peut-être ? s'insurgea Elena. Je veux dire, tu ne vas rester dans cette chambre d'hôtel que quelques jours ; après cela, il ne saura plus où tu es. Si je lui avais donné ton numéro de téléphone, il pourrait continuer de t'appeler à tout moment, même si tu n'avais pas envie de lui parler.

— C'est ton père, bien sûr que je lui parlerais s'il m'appelait, répondit Eva en fronçant les sourcils et en faisant signe au serveur pour lui demander du café.

— Alors pourquoi ne lui as-tu pas parlé hier soir ?

— Voilà... Ça recommence, dit Eva en regardant sa fille pendant que le serveur était en train de lui verser une tasse de café.

— Quoi ?

— Ta répartie aussi remarquable qu'agaçante ! répondit Eva en riant.

— J'ai de qui tenir ! répondit Elena avec un clin d'œil.

— C'est ça... passe-moi de la pommade maintenant !

— Qu'est-ce qui te fait croire que je parlais de toi ?

Eva rit.

— Bon, dit-elle en croisant ses couverts et en

poussant légèrement son assiette pour indiquer qu'elle avait suffisamment mangé. On demande l'addition ? Je suis très curieuse de voir ton appartement !

— OK ! Mais s'il te plaît, maman. *Je t'en supplie*, insista Elena en joignant les deux mains comme pour une prière, souviens-toi que ce n'est pas *mon* appartement. Tu ne vas donc pas pouvoir refaire toute la décoration…

— Arrête ! On dirait que je suis une vieille hystérique ! se défendit Eva avec un sourire. Je ne vais pas refaire la déco. Je veux juste voir le quartier et le bâtiment. Être sûre que mon bébé est en sécurité ! lança-t-elle en prenant la main de sa fille.

— Ce n''est pas vrai, toi aussi ? demanda Elena en levant les yeux au ciel.

— Comment ça ?

— Tyree me connaît à peine, mais il m'a dit la même chose hier soir. Il voulait carrément que j'envoie un texto à Gordon pour lui demander si je pouvais changer les serrures, car il avait peur que des amis à lui aient gardé la clé de l'appart et puissent débarquer à tout moment.

— Tu vois que c'est quelqu'un de bien ton père ! s'amusa Eva.

— C'est aussi ce que je me suis dit, concéda Elena. D'ailleurs, j'ai en effet envoyé un texto à Gordon ce matin et il est d'accord pour que je change les serrures.

— Tu peux utiliser ma carte de crédit pour le

serrurier, dit Eva, fière que sa fille ne compte pas systématiquement sur elle pour payer ses frais courants.

— Non, pas la peine. J'ai envoyé un texto à Tyree pour lui dire que Gordon était d'accord pour que je change les serrures, et il m'a dit qu'il viendrait les changer lui-même après mon entretien au bar.

— Ton entretien ?

— Ah oui, je ne t'ai pas dit ! répondit Elena avec enthousiasme. Hier, Brent, le responsable de la sécurité du *Fix*, m'a demandé de repasser pour que je rencontre Reece ou Jenna. Apparemment, il pourrait y avoir du travail pour moi !

— C'est génial ! répondit Eva avec un large sourire. J'ai moins peur de te laisser du coup... ajouta-t-elle.

— Me laisser ?

— Oui, chérie. Il faut bien que je rentre à la maison.

— Attends ! lança Elena en s'appuyant contre son dossier. Tu veux dire que tu prévois déjà de rentrer ?

— Eh bien, oui... Tu as un appartement, un père, très certainement un travail... Même si ça ne marche pas au *Fix*, je sais que Tyree t'aidera à trouver quelque chose.

— Mais...

— Je vais donc rentrer à San Diego demain, déclara Eva.

— Demain ! Mais pourquoi ? s'exclama Elena, visiblement triste à l'idée de voir partir sa mère.

— Parce que demain est déjà vendredi et que je pars dimanche pour Vancouver, tu te souviens ?

— Oui, mais...

— Mais, mais... Je reviendrai après mes vacances, promis ! lança Eva d'un ton rassurant. Allez, ne prends pas cet air ! dit-elle en posant sa main sur celle d'Elena. Tout va bien se passer...

— Reste au moins jusqu'à samedi, plaida Elena.

Eva regarda sa fille avec un pincement au cœur. Elena avait beau être adulte, elle était restée proche de sa mère et avait du mal à vivre loin d'elle.

— Je suis désolée, ma chérie, mais je ne peux pas... Cela ne me laisserait qu'une journée pour faire mes bagages.

Et, surtout, elle ne voulait pas rester près de Tyree trop longtemps. C'était une véritable torture pour elle de le voir tout en sachant que rien n'était possible entre eux. Elle ne pouvait évidemment pas dire cela à sa fille, mais, vu la manière dont Elena la dévisageait en fronçant les sourcils, Eva sut que sa fille avait compris...

— Je ne te reconnais pas, maman...

— Comment ça ? demanda Eva, étonnée.

Elena poussa sa gaufre sur le côté, et posa ses coudes sur la table.

— Ce n'est pas toi qui m'as toujours dit qu'il fallait se battre pour obtenir ce que l'on veut ?

demanda-t-elle à sa mère. Alors, vas-y ! Fais le premier pas !

L'idée de faire le premier pas vers Tyree emplit Eva d'un sentiment de gêne, de joie, et de terreur totale.

— Tu te fais des idées, ma chérie, tenta-t-elle de se défendre. J'ai aimé ton père il y a très longtemps, c'est vrai. Mais, aujourd'hui, tout ce que je veux, c'est que tu apprennes à le connaître.

— Attends, tu peux répéter, s'il te plaît ? Je n'ai pas tout compris, car ton nez s'est allongé en même temps que tu parlais et cela m'a déconcentrée, plaisanta-t-elle.

Eva rit en levant les yeux au ciel. Décidément, sa fille était beaucoup trop intelligente !

Bien sûr qu'elle était toujours attirée par Tyree. Pourtant, et si ce n'était pas réciproque ? Ou, même si cela l'était, peut-être qu'il n'y aurait plus cette étincelle qui avait rendu si belle la relation qu'ils avaient eue quand ils étaient jeunes. Cela valait-il vraiment la peine de prendre le risque de gâcher de si jolis souvenirs ?

Mieux valait ne pas replonger dans le passé…

— Bon, mais si tu ne restes pas pour Tyree, reste au moins pour ta fille unique chérie, reprit Elena.

En voyant l'air amusé d'Eva, Elena comprit que sa stratégie était en train de fonctionner et décida de continuer.

— S'il te plaît, maman ! Reste juste un jour de

plus. Je t'en supplie ! insista-t-elle avec un regard de chat esseulé. De toute façon, je te connais, tu vas te contenter de jeter la moitié de ton armoire dans un sac ! Ce n'est pas comme si faire tes valises te prenait du temps !

— Ce n'est pas vrai ! se défendit Eva, même si elle savait que sa fille avait raison.

— Allez, maman, s'il te plaît... J'aurais tellement aimé qu'on profite un peu de la région toutes les deux. On pourrait aller visiter les vignobles. En plus, tante Marianne m'a fait un petit cadeau pour qu'on profite, rien que toi et moi...

— Vraiment ? Et quand as-tu parlé à Marianne toi ?

— Hier soir, déclara Elena. C'est moi qui l'ai appelée.

Eva hocha la tête. Cela expliquait les textos que lui avait envoyés Marianne tard la veille et qu'elle avait découverts en se réveillant.

Tout va bien ?

Puis, dix minutes plus tard...

Coucou... C'est moi... Marianne... ta copine, tu te souviens ?

Puis, quarante-cinq minutes après...

Bon... Ne te presse pas, surtout... J'ai tout mon temps !

Eva n'avait pas trop su quoi répondre. Apparemment, Elena avait déjà tout dit... De toute façon, elle devait appeler Marianne plus tard dans la journée pour lui demander de modifier son vol retour ; elle en profiterait pour lui raconter ce qui s'était passé.

— Donc tu restes ? demanda Elena avec excitation en voyant le sourire de sa mère.

— Je n'ai pas dit ça ! tenta de protester Eva.

— Arrête ! Je le vois, s'exclama Elena. C'est partout sur ton visage ! Wahou ! fit-elle en trépignant de joie. C'est génial ! On va pouvoir visiter des vignobles, faire les boutiques, se balader dans la ville... Je suis trop contente !

— Moi aussi, répondit Eva en prenant la main de sa fille. Je suis toujours contente de passer du temps avec toi, ma chérie, ajouta-t-elle avec tendresse.

NEUF

Tyree était sûr d'une chose, sa fille était une charmeuse !

Lorsqu'il arriva au *Fix*, ce jeudi après-midi, les clients étaient peu nombreux et la moitié de son équipe était réunie autour d'Elena qui, assise au bar, était en train de boire un cocktail, et riait en écoutant Reece.

— Hey ! lança-t-elle avec un sourire lumineux, lorsqu'elle le vit arriver. Je suis en train d'apprendre le menu, l'informa-t-elle. Histoire de savoir de quoi je parle quand je devrai conseiller les clients ! ajouta-t-elle. Pour l'instant, mon cocktail préféré est la Margarita Jalapeño.

— Eh bien ! J'ai l'impression que tu ne vas pas beaucoup m'aider quand il s'agira de changer tes serrures. Une fois que tu auras goûté toute la carte, tu verras deux poignées au lieu d'une ! plaisanta-t-il.

— Mais il y a deux poignées, rétorqua-t-elle du tac au tac. Une de chaque côté de la porte !

— Ah, là… Elle t'a eu ! intervint Cameron, derrière le comptoir, en riant.

— Non, mais sérieusement, je ne fais que goûter. Ne t'inquiète pas, dit Elena à l'attention de Tyree qu'elle sentait néanmoins inquiet.

— Tiffany est en train de préparer un assortiment de nos tapas, ajouta Jenna. Nous nous sommes dit qu'Elena avait raison. Si elle veut travailler ici, elle doit savoir ce que l'on sert. Oh ! Et j'allais oublier le tee-shirt, ajouta-t-elle en faisant signe à Elena de la suivre. Viens, on va aller t'en chercher un en attendant que les tapas soient prêtes.

Elena lança un autre grand sourire à Tyree, puis suivit Jenna. Dès qu'elle eut disparu, Tyree se tourna vers Reece.

— Donc c'est réglé ? Elle travaille ici ?

— En tout cas pour l'été. Ensuite, on verra…

— Parfait, merci, déclara Tyree.

— C'est normal, c'est ta fille après tout, non ? rétorqua Reece avec un clin d'œil.

Tyree se sentit coupable. Tout s'était passé si vite qu'il n'avait même pas pris le temps de parler à ses amis d'Eva et Elena. Mais, de toute évidence, ils l'avaient découvert.

— Désolé, mon pote, dit-il à l'attention de Reece.

— Aucun problème, répondit Reece avec un sourire sincère. Elle est géniale, et – juste pour que tu le saches – ce n'est pas elle qui nous l'a dit. C'est Brent qui lui a posé la question. Je suppose qu'il a surpris ta conversation d'hier soir avec sa mère.

— Si tu fais référence à mon pétage de plombs, je crois qu'il a dû entendre en effet, répondit Tyree en se moquant de lui-même.

— En tout cas, comme je te l'ai dit, elle est géniale, déclara Reece. Et elle semble enchantée de travailler ici. Mais j'espère que cela ne te dérange pas ? demanda-t-il à Tyree d'un air inquiet. J'aurais peut-être dû te demander d'abord… Mais cette fille est une force de la nature ! concéda-t-il comme s'il prenait conscience de s'être fait manipuler. Elle est entrée, nous avons commencé à discuter, et, sans même m'en apercevoir, je l'ai embauchée. Je ne sais pas comment elle a fait !

— Elle tient ça de sa mère, le rassura Tyree en riant.

— Ah voilà ! donc ce n'est pas de ma faute ! plaisanta Reece. Et en parlant de sa mère, où en êtes-vous ?

Tyree prit une profonde inspiration. De toute l'équipe du *Fix*, Reece était celui qui le connaissait le mieux. Lorsqu'il était militaire, Tyree était même parti en mission avec le père de Reece, et, quelques années plus tard, avait vu mourir l'oncle de Reece dans ses bras.

Indéniablement, Reece et lui étaient liés. En fait,

Reece était le seul auprès de qui Tyree se sentait suffisamment à l'aise pour se confier.

— Je ne sais pas, finit-il par lâcher. Je veux dire, elle me plaît toujours et j'ai très envie de la découvrir à nouveau, mais...

Il s'interrompit et caressa son crâne rasé.

— J'ai pensé à elle hier soir. Elle occupait toutes mes pensées alors que j'étais dans notre lit, celui que je partageais avec Teiko... C'était insupportable. J'ai fini par aller dormir dans le canapé.

— Je comprends, répondit Reece, visiblement désolé pour son ami. Cela ne doit pas être facile de passer à autre chose...

C'étaient des mots simples, mais cela fit un bien fou à Tyree de les entendre.

— Exactement, soupira-t-il, soulagé d'être compris. C'est vraiment difficile...

— Vas-y doucement, lui conseilla Reece. Laisse les choses venir. Peut-être que rien ne se passera. Ou, au contraire, peut-être qu'une magnifique histoire t'attend... Quoiqu'il se passe, dis-toi que ce n'est pas *contre* Teiko. Tu as le droit de continuer à vivre...

— Je sais, dit doucement Tyree, ému – mais, au fond de lui, il n'en était pas si certain.

— Ta-da ! lança Jenna derrière lui, le tirant de ses pensées.

Il se retourna et découvrit sa fille qui portait un tee-shirt noir sur lequel était écrit en grosses lettres : *Le Fix, 6ᵉ Rue.*

— Qu'est-ce que tu en penses ? lui demanda Elena.

— Ça te va à ravir ! répondit Tyree avec un large sourire et le regard fier.

Heureuse, Elena prit deux cocktails sur le bar et en tendit un à Jenna. Elle porta un toast, mais Tyree remarqua que Jenna ne toucha pas à son verre et opta pour une eau gazeuse.

— J'ai travaillé un peu en tant que barmaid à San Diego, déclara Elena. Reece m'a dit que vous manquiez de serveurs et de barmaids. Je peux donc faire ce que vous voulez ! déclara-t-elle avec enthousiasme en faisant un salut militaire.

— Dommage que tu ne sois pas aussi photographe, répondit Jenna.

— Ah mais tu sais que je ne suis pas trop mauvaise photographe, répondit Elena. Maman m'a mise derrière un appareil photo dès que j'ai eu six ans. Pourquoi ?

— Qu'est-ce qu'Eva a à voir avec ça ? demanda Tyree, curieux.

— Elle est photographe, tu ne savais pas ?

— Non... répondit-il avec un sourire béat dont il prit conscience aussitôt. Ça me fait plaisir pour elle, ajouta-t-il.

Elena, qui ne semblait pas comprendre ce qu'il sous-entendait, l'interrogea du regard.

— Quand je l'ai connue, expliqua-t-il, elle avait toujours avec elle un petit appareil merdique avec lequel elle n'arrêtait pas de prendre des photos. Je ne suis pas un expert, mais je les trouvais magnifiques. Elle était douée, tu sais... Avant de partir en mission, je lui avais offert un appareil plus sophistiqué. Un Nikon, il me semble. Je lui avais demandé de prendre des photos de chaque jour jusqu'à ce que je revienne, pour que je puisse rattraper le temps perdu à mon retour...

— C'est toi qui lui as offert le Nikon ? s'exclama Elena. Elle l'utilise toujours, tu sais...

— Vraiment ? s'étonna Tyree avec joie.

— Je t'assure ! Elena hocha la tête. Bien sûr, elle a changé la lentille depuis... Mais elle y tient comme à la prunelle de ses yeux. Elle me dit toujours qu'il a une valeur sentimentale. Mais elle ne m'a jamais dit que c'était toi qui le lui avais offert, dit-elle en souriant. Elle savait probablement que j'aurais tout fait pour qu'elle me le donne ; j'aurais été super fière d'avoir l'appareil photo de mon père ! Quant aux photos que tu lui as demandé de prendre pendant ton absence, je suis sûre qu'elle les a prises : maman prend des photos tous les jours, quoi qu'il arrive...

— Vraiment ?

Tyree était si ému que son cœur battait à toute allure et qu'il avait du mal à sortir les mots.

— Et donc elle l'a gardé... l'appareil photo ? demanda-t-il, heureux et incrédule.

— Évidemment. Elle t'aimait, tu sais... répondit Elena.

Il se détourna et fit semblant de tousser pour dissimuler les larmes qu'il avait dans les yeux.

— Tu fais les portraits ? demanda Jenna à Elena pour détendre l'atmosphère. Tu pourrais aussi prendre en photo nos plats, suggéra-t-elle avant d'expliquer à Elena ce qu'il leur fallait comme photos pour l'élection de l'homme du mois, le site Internet, et le livre de cuisine qu'ils prévoyaient de publier.

— Je me débrouille, répondit Elena, mais honnêtement, je suis loin d'être une pro. En plus, je suis meilleure avec les paysages. Et puis je suis nulle avec Photoshop. Mais ma mère pourrait vous faire tout ça par contre ! proposa-t-elle avec enthousiasme.

Jenna se tourna vers Tyree.

— Elle est ici en ce moment, non ? Tu pourrais le lui demander ?

— C'est vrai ! renchérit Elena. Demande-le-lui demain !

— Je comptais t'emmener dans les vignobles de Fredericksburg demain, répondit-il, un brin embarrassé.

Elena lui avait en effet dit qu'elle avait envie de voir le pays des collines, et, comme Eli était chez Jeremy jusqu'à samedi et qu'il devait rendre visite à quelques vignerons dont il voulait mettre les vins à la carte du *Fix*, il avait proposé à Elena de l'emmener faire un tour dans cette région réputée du Texas. Et puis, c'était aussi pour lui l'occasion de mieux connaître sa fille.

— Super ! se réjouit Elena. Le soir dans ce cas ? proposa-t-elle, lorsque nous rentrerons ?

Il capitula pour faire plaisir à Elena, mais il savait qu'Eva refuserait certainement.

— Bon, d'accord... Je le lui demanderai demain, dit-il. Mais ne vous faites pas d'illusions ! lança-t-il à sa fille et à Jenna qui le regardaient avec une joie à peine contenue.

DIX

Eva vit la longue limousine noire dès qu'elle franchit la porte de l'entrée principale du Driskill. Elle n'y prêta pas plus attention que ça ; après tout, Austin était une ville riche, et de nombreuses célébrités y vivaient... Ce n'est que lorsque le chauffeur ouvrit la porte arrière et qu'Elena descendit de la limousine qu'Eva la remarqua réellement.

Sa fille était vêtue d'une jupe portefeuille bleu pâle, d'un débardeur blanc, et de lunettes de soleil surdimensionnées. Elle avait l'air de rouler en limousine tous les jours et, lorsqu'elle sourit à sa mère, Eva eut l'impression que le soleil se leva une seconde fois.

— C'est super, non ? lança Elena à sa mère. C'est tante Marianne qui l'a réservée pour toute la journée. Viens voir, il y a même du vin à l'intérieur, ou d'autres alcools si tu préfères...

— Plus besoin d'aller visiter les vignobles de

Fredericksburg alors ? plaisanta Eva. Nous pouvons simplement rouler en ville et boire la réserve de la limousine...

— Très drôle, répondit Elena.

Eva s'amusa de l'ironie de sa fille puis, après avoir salué le chauffeur, s'installa dans la limousine. Comme elle s'y était attendue, l'intérieur était luxueux, avec tout le confort nécessaire : une télévision, un lecteur DVD, une vitre de séparation entre la partie conducteur et la partie réservée aux passagers, un toit ouvrant, et un panneau de commande suggérant de nombreuses autres fonctionnalités...

Peut-être un bain à remous, ou un lance-roquettes ? se dit Eva.

— C'est vraiment Marianne qui nous a réservé ça ? demanda-t-elle à sa fille alors que la limousine commençait à rouler.

— Oui ! c'est cool, non ?

— Je crois surtout que je la paye trop ! répondit Eva en plaisantant.

— Profite ! C'est *notre* journée !

— D'accord, répondit Eva en sortant son téléphone. J'ai fait quelques recherches hier soir. Si on prend la route 1431, on arrive à Lago Vista, puis à Marble Falls, deux endroits qui, paraît-il, sont magnifiques. Ensuite, en continuant jusqu'à Johnson City et à Fredericksburg, on longe des vignobles. Ça a l'air sympa, non ? demanda-t-elle en regardant Elena avec un air ravi. Et puis j'ai lu qu'à Fredericksburg, il y avait beaucoup d'endroits pour faire du shopping, reprit-elle, et des tonnes de domaines viticoles autour de la ville que l'on peut visiter. Quant aux restaurants, beaucoup proposent de la nourriture allemande, mais il y a aussi beaucoup d'autres choses, apparemment, ils ont de tout ! Il y a aussi le musée Nimitz, le musée national de la guerre du Pacifique. Je ne sais pas ce que ça donne, mais on pourrait y aller, comme ça, s'il est bien, tu pourras le conseiller à ton père. En tant qu'ancien marine, je suis sûre que ça l'intéresserait.

— Mouais, pourquoi pas ? répondit Elena, sans enthousiasme.

Surprise par son manque d'entrain, Eva jeta un coup d'œil à sa fille, mais pensa simplement qu'elle n'avait pas envie de visiter et préférait faire uniquement du shopping.

— Il y a aussi un endroit appelé « La ferme des fleurs sauvages » qui a l'air très sympa. Ils vendent des fleurs, mais aussi de l'artisanat et des glaces, poursuivit-elle en insistant sur ce dernier mot en attendant une réaction enjouée de sa fille.

Lorsqu'elle vit qu'Elena gardait son air maussade, elle posa son téléphone et se tourna vers elle.

— D'accord... que se passe-t-il ? demanda-t-elle. C'était ton idée, et tu as l'air de faire la tête...

— Pas du tout, répondit Elena. Je suis juste très fatiguée. Je n'ai pas bien dormi la nuit dernière, prétexta-t-elle en prenant le téléphone de sa mère, qu'elle éteignit et rangea dans le sac d'Eva. Elle est superbe cette limousine, non ? reprit-elle ensuite avec plus d'engouement. On peut mettre de la musique, tu as vu ?

Tandis qu'elle se mit à chercher un morceau de musique, Eva reprit son téléphone dans son sac.

— Maman ! se lamenta Eva. C'est *notre* journée. Tu ne vas pas passer tout ton temps sur ton téléphone ?

— Je veux juste suivre la route sur le GPS pour être sûre de ne pas manquer les endroits importants, se justifia Eva. Et...

Elle s'interrompit en découvrant le paysage par la fenêtre.

— Mais, qu'est-ce qu'on fait sur l'autoroute ? demanda-t-elle d'un air inquiet.

— Écoute, ni toi ni moi ne connaissons la route pour Fredericksburg, alors faisons confiance au chauffeur, d'accord ? répondit Elena d'un air innocent.

Mais, tandis que la limousine quitta l'autoroute pour s'engager dans l'une des banlieues de la ville, l'inquiétude d'Eva grandit, et Elena baissa la tête pour éviter de devoir répondre à sa question qui ne tarderait pas à arriver.

— Bon, ça suffit ! dit effectivement Eva. Qui allons-nous chercher ?

— Ah, euh...

— C'est ce que je pensais ! s'exclama Eva.

Elle était amusée par l'obstination de sa fille, mais était déterminée à ne pas le lui montrer.

— Tu aurais pu me dire que tu l'avais invité, dit-elle d'un ton qu'elle voulut sévère, en vain. Je me serais habillée un peu mieux, soupira-t-elle en regrettant d'avoir choisi un pantalon en lin beige et un simple tee-shirt blanc.

— Tu es très bien ! lui fit remarquer Elena avec tendresse.

Eva voulut protester qu'elle n'était même pas assez maquillée, mais s'abstint. De toute évidence, Elena avait organisé tout cela pour pouvoir passer du temps avec ses deux parents. Ce n'était pas un rendez-vous – *non Eva !* – et donc, peu importait à quoi elle ressemblait.

De toute façon, il était trop tard pour s'échapper. La limousine s'arrêta devant une charmante maison en pierres calcaires, entourée de chênes et de pacaniers, de laquelle sortit Tyree.

Il portait un jean qui moulait ses cuisses, et un tee-shirt bleu marine à manches courtes qui mettait merveilleusement en valeur son torse et ses larges épaules. En le voyant arriver, Eva sentit à nouveau la sensation de ses doigts sur sa peau, et le bien-être qui l'envahissait lorsqu'elle posait sa tête sur sa poitrine après l'amour. Son corps semblait toujours le même...

Eva. Stop. Arrête !

Elle prit une profonde inspiration pour recouvrer

ses esprits avant de descendre, tandis qu'Elena se précipita vers Tyree.

— Tu as vu ! Je t'ai sorti le grand jeu ! lança-t-elle à son père en désignant la limousine.

Tyree rit d'un rire grave qui fit frissonner Eva. De toute évidence, son attirance pour lui était restée intacte, malgré les années. Il lui semblait même qu'elle s'était intensifiée. Peut-être était-ce en raison de sa maturité ? Il était devenu un homme accompli, qui avait une entreprise et semblait gérer les situations. Et, d'après le peu de temps qu'elle l'avait vu avec Elena, il avait aussi l'air d'être un père formidable.

Mais il n'était plus son fiancé. Et elle devait s'en souvenir. D'autant plus que cela aurait été une très mauvaise idée de se remettre avec l'homme avec qui elle avait été tant d'années auparavant. Leur vie avait changé désormais... Certes, tout cela était la faute de son père, mais il n'en restait pas moins qu'ils avaient, l'un et l'autre, pris des chemins très différents. Sa vie était déjà suffisamment compliquée sans qu'elle y ajoute une aventure avec le père de sa fille, qu'elle avait cru mort et qui était en fait vivant, veuf, avec un autre enfant. Non, décidément, c'était absurde...

Mais elle savait aussi que ses résolutions partiraient en fumée dès que Tyree poserait son regard sur elle. Pourtant, elle avait bien réussi à lui résister mercredi soir. Cela voulait donc dire qu'elle était capable d'être forte. Il suffisait qu'elle le veuille... Et puis, de toute façon, pensa-t-elle, ce ne serait pas difficile de lui résister dans une limousine, avec leur fille au milieu d'eux. Les conditions n'étaient pas les plus propices à des retrouvailles romantiques.

Résolue, elle s'apprêta à sortir pour saluer Tyree à son tour. Mais, elle n'eut pas à le faire : Tyree ouvrit la portière avant elle. Lorsqu'il découvrit Eva à l'intérieur, il posa sur elle un regard incrédule, qui exprimait à la fois la surprise et le plaisir.

— Quoi ? Toi aussi ? s'esclaffa Eva en comprenant que sa fille avait tendu le même piège à son père.

— Tu te souviens du film de Disney avec Lindsay Lohan ? répondit Tyree avec un large sourire qui fit chavirer Eva.

— » À nous quatre » ? Bien sûr ! c'était l'un des films préférés d'Elena lorsqu'elle était petite, répondit-elle en jetant un coup d'œil attendri à sa fille qui se tenait derrière Tyree, guettant la réaction de ses parents.

Tyree se glissa à l'intérieur de la limousine et s'installa sur la longue banquette perpendiculaire à celle d'Eva, si près d'elle que leurs genoux se frôlèrent. Aussitôt, Eva se décala légèrement sur le côté, consciente que le moindre contact physique risquait de mettre à mal toutes ses résolutions.

— Ça ne m'étonne pas en fait, déclara Tyree.

— Quoi ! rétorqua aussitôt Eva, l'air presque paniqué à l'idée qu'il ait pu lire dans ses pensées.

— Pour le film, répondit-il. Pourquoi ? Qu'est-ce que tu as compris ?

— Euh... Non, non, rien, balbutia-t-elle, gênée.

— Ça va être génial ! s'exclama Elena en grimpant à son tour dans la voiture, tirant du même coup Eva de son embarras.

Le chauffeur monta à son tour, et la limousine démarra.

— Alors ! lança Elena. Qui boit quoi ? Je vous préviens, vous n'avez pas le droit de ne rien boire, et encore moins de prendre une boisson sans alcool. Nous sommes dans une limousine je vous rappelle !

Tyree et Eva échangèrent un sourire.

— Tu en as fait un vrai dictateur, je vois, plaisanta Tyree.

— Je crois plutôt qu'elle tient ça de son père ! rétorqua Eva, amusée.

— C'est ça, faites les innocents... intervint Elena. J'attends... vous voulez quoi ?

— Un whisky pour moi dit Eva.

Elle regarda Tyree sourire pendant qu'Elena versait un verre à sa mère.

— Quoi ? lui demanda-t-elle avec un large sourire.

— Rien du tout, répondit-il en riant. Je vais prendre la même chose.

— Voilà, messieurs dames, dit Elena en tendant à chacun un verre de whisky.

Elle se servit un verre de vin, et lança la conversation sur le programme de l'après-midi. Elena et Eva poussèrent un discret soupir de soulagement lorsque Tyree leur dit que le musée Nimitz était fabuleux, mais qu'il y était déjà allé plusieurs fois.

— Prenons la route 1431 ? proposa Eva. Il paraît qu'il y a une très bonne cave juste avant d'arriver à Marble Falls.

— Attends, la coupa Tyree. Je ne comprends pas pourquoi le chauffeur prend cette direction, s'étonna-t-il en regardant par la fenêtre. À moins qu'il y ait une vieille ruine à voir que je ne connais pas, mais cela m'étonnerait... C'est la direction de Crestview, où....

Il s'interrompit et se tourna vers Elena en fronçant les sourcils.

— Quoi ? s'enquit Eva en levant les yeux de son téléphone. Oh, ce n'est pas vrai ! s'exclama-t-elle lorsqu'elle comprit à son tour qu'il s'agissait encore d'un tour joué par leur fille.

— Elena, pourquoi allons-nous en direction de Crestview ? demanda Tyree.

— Qu'y a-t-il à Crestview ? s'informa Eva.

— De jolies petites maisons, lui répondit Tyree. Notamment celle de Brent...

Eva l'interrogea du regard.

— Celui qui t'a amenée dans mon bureau, l'autre jour, précisa-t-il. C'est un de mes associés au *Fix*.

— Et il se trouve qu'il est aussi père célibataire, expliqua Elena d'une petite voix. Il m'a demandé si je pouvais garder ses enfants aujourd'hui. Et comme Marianne avait déjà réservé la limousine... Je me suis dit que, si je vous disais que je ne serais pas là, aucun de vous n'aurait accepté de venir. Alors que, honnêtement, vous n'avez pas envie de vous retrouver après tout ce temps ? Maman, dit-elle à sa mère, je suis sûre que Tyree serait ravi d'entendre toutes les choses adorables que j'ai faites quand j'étais petite. Et, vu que j'étais particulièrement adorable, il faut bien le dire, tu n'auras pas trop de toute la journée, ironisa-t-elle.

Eva regarda sa fille avec un sourire, réfrénant une furieuse envie de rire. Et, à en croire l'air de Tyree, il semblait lui aussi très amusé par le stratagème et l'humour d'Elena.

— Tu sais, intervint-il, j'aurais de toute façon invité ta mère à dîner ce soir. Ce soir *et* demain, si jamais elle n'avait pas eu le temps de me raconter tous tes exploits, ajouta-t-il avec un soupçon de malice dans les yeux. Tu n'avais pas besoin de faire tout ça...

— C'est vrai, mais je voulais m'assurer que vous ayez le temps de vraiment vous retrouver. Vu que maman part demain...

— Tu pars demain ? demanda Tyree en se tournant vers Eva.

Eva eut l'impression de percevoir de la déception dans sa voix, mais elle chassa cette idée. Elle avait décidé de partir. Elle devait partir. Il valait mieux qu'elle parte.

— Je ne vis pas ici, tu te souviens ? Et j'ai une entreprise à San Diego. En plus, je vais à Vancouver dimanche. J'ai cruellement besoin de vacances...

Elle se tourna vers Elena avec l'air le plus sévère qu'elle put prendre.

— J'avais l'intention de partir aujourd'hui, mais ma fille m'a convaincue de passer plus de temps avec elle...

— Tu as passé du temps avec moi pendant vingt-trois ans, se défendit Elena. Franchement, tu dois en avoir plus que marre de moi, non ? Par contre, devine qui tu n'as pas vu depuis vingt-trois ans... ajouta-t-elle avec un clin d'œil ostensiblement appuyé, désignant Tyree.

Eva rit et regarda Tyree, qui écarta les bras et lui lança un large sourire.

— Et toi tu es d'accord avec ça ? lui demanda-t-elle.

— Tu veux dire avec le fait de passer du temps avec la seule personne qui peut me dire quel a été le premier mot que ma fille a prononcé ? Oui... Je suis d'accord avec ça !

— Bon, dans ce cas... je me rends ! conclut Eva.

Ils s'arrêtèrent devant une charmante maison en bois et en pierre, et le chauffeur vint ouvrir la porte d'Elena.

— Au fait ! lança Tyree. Tu voulais que je demande à ta mère...

— De faire les photos ? le coupa Elena. Oui, c'est vrai. Mais je ne sais pas où j'avais la tête... Ça ne va pas être facile si elle s'en va.

Tyree fronça les sourcils, mais s'abstint de demander une explication.

— Quelles photos ? demanda Eva.

— Pas grand-chose, Tyree t'expliquera, lui assura Elena. Bon, j'y vais !

Elle les embrassa l'un et l'autre et descendit de la voiture.

— Amusez-vous surtout ! lança-t-elle avec un clin d'œil avant de leur tourner le dos et de rejoindre Reece qui l'attendait sur le pas de la porte.

Eva eut à peine le temps d'apercevoir une jolie petite fille brune avant que la porte ne se referme et que sa fille ne disparaisse. Il ne restait alors plus qu'elle et l'homme par lequel elle était follement attirée, mais avec lequel il ne pouvait absolument rien se passer, au moins pour une cinquantaine de raisons... Même si, à ce moment précis, elle était incapable d'en citer même une seule.

ONZE

Lorsqu'ils arrivèrent enfin à Fredericksburg, ils étaient déjà ivres. Pas seulement à cause des quelques whiskies qu'ils avaient bus dans la limousine, mais aussi – et surtout – parce qu'ils s'étaient arrêtés dans trois vignobles en cours de route, dans lesquels ils avaient fait des dégustations de vin et de fromage. Tyree avait pris la carte de l'un des vignerons, promettant de l'appeler le lundi suivant pour discuter des conditions de vente de son vin au *Fix*.

— Il y a une cave dans Main Street, dit Tyree. Tu veux que je demande au chauffeur de nous y arrêter ?

— Pas question, répondit Eva avec un signe de tête beaucoup trop exagéré. Par contre, il faut à tout prix que je mange quelque chose. Et je pense que nous devrions aller dans un restaurant allemand. C'est surtout pour cela que la ville est connue, non ?

— Avant, en effet, confirma Tyree. Mais depuis quelques années, beaucoup de bons restaurants proposant de la cuisine locale se sont installés. Mais, si tu as envie de manger allemand, pas de problème ! dit-il en regardant sa montre. On peut essayer *Der Lindenbaum*. Touristique, mais bon. Ensuite, je sais déjà où je t'emmènerai pour le dessert...

— Je ne savais pas que j'avais affaire à un véritable guide touristique, répondit-elle en souriant.

— Le meilleur de tous ! Ici pour vous servir madame, confirma Tyree d'un ton obséquieux, savourant l'idée de prendre soin d'elle.

Il la regarda avec amusement. Il se souvenait d'elle du temps où elle était capable de boire plus que toute une équipe de football réunie. Apparemment, cela avait bien changé. En effet, Eva avait arrêté l'alcool lorsqu'elle était enceinte puis pendant toute la période où elle avait allaité Elena, et n'avait jamais vraiment repris. Bien sûr, elle buvait de temps en temps, mais Tyree venait de lui faire boire, en l'espace de quelques heures, ce qu'elle buvait habituellement en une année entière.

— Qu'est-ce qu'il y a ? lui demanda-t-elle, sentant son regard sur elle.

— Rien. Je trouve simplement que l'ébriété te va très bien, répondit-il. Je te trouve adorable.

— Je ne suis pas sûre qu'adorable soit le terme juste, répondit-elle. Elena est adorable... Je t'assure, ajouta-t-elle avec un mélange de fierté et d'admiration en pensant à sa fille.

— Parle-moi encore d'elle…

Eva lui avait déjà raconté l'histoire de la naissance d'Elena, comment tout avait été très facile pour elle, mais un peu moins pour David, qui s'était évanoui à la vue du sang. Lorsqu'elle l'avait mentionné, elle avait cru percevoir un brin de mépris dans le regard de Tyree. Bien sûr, avait-elle alors pensé, en tant qu'ancien militaire, il avait dû voir des choses bien plus terribles qu'un accouchement et devait trouver David ridicule.

Elle aurait adoré le voir porter Elena à sa naissance. Ne pensant que 2,8 kilos, leur fille était en bonne santé, mais était minuscule, et Eva imaginait à quel point elle aurait eu l'air encore plus petite dans les mains gigantesques de Tyree, ou contre ses larges épaules.

Elle prit soudain conscience de tout ce qu'ils avaient manqué, et détourna le regard.

— Ça va ?

— Oui, oui, mentit-elle, le regardant à nouveau. C'est l'alcool…

— Je vais demander au chauffeur de nous arrêter au restaurant, répondit Tyree.

Peu de temps après, la limousine s'arrêta dans une petite rue de la ville où se trouvait le restaurant. Ils descendirent, et Tyree dit au chauffeur qu'il pouvait faire ce qu'il voulait pour les prochaines heures et qu'ils lui enverraient un texto quand ils auraient à nouveau besoin de lui.

— J'adore cette façon de voyager, s'amusa Eva, tandis qu'ils se dirigèrent vers le restaurant. Je n'en reviens toujours pas que Marianne nous ait fait ce cadeau !

— Tu es sûre que c'est elle ? demanda Tyree.

— Pourquoi ? Tu sais quelque chose que je ne sais pas ? Ou alors tu penses qu'Elena est encore pire que ce dont elle a l'air ?

— Elle en a le potentiel, en tout cas ! rétorqua-t-il en riant.

Après quelques mètres, ils arrivèrent devant le restaurant choisi par Tyree. Il la précéda et lui ouvrit la porte, la faisant entrer dans une atmosphère chaleureuse et qui sentait merveilleusement bon.

— Je te préviens, je vais me gaver de charcuterie ! lança-t-elle lorsqu'ils furent installés à leur table.

Ils commandèrent, puis Eva consulta son compte sur son téléphone portable. Elle éclata de rire.

— Qu'est-ce qu'il y a ?

— Il y a que tu es très perspicace ! Il y a un débit sur mon compte de carte de crédit pour une « location de limousine », lui annonça Eva en levant les yeux au ciel. Je n'en reviens pas ! J'ai dit à Elena qu'elle pouvait utiliser ma carte de crédit pendant ses études, mais ce n'était pas pour qu'elle loue des limousines. Rappelle-moi de lui dire qu'elle doit prendre son indépendance financière, conclut-elle en riant.

— Elle devait savoir que tu allais t'en apercevoir. De toute façon, tu aurais fini par t'en rendre compte lorsque tu aurais remercié ton amie : elle t'aurait dit que ce n'était pas elle...

Il tendit la main à travers la table et lui prit la main, provoquant une véritable explosion de frissons chez Eva.

— La vraie question maintenant, c'est de savoir si tu vas remercier notre fille, ajouta-t-il en plongeant son regard dans le sien.

Intimidée, elle baissa les yeux, inspira profondément, puis le regarda à nouveau.

— Je crois oui, concéda-t-elle.

— Et je crois que moi aussi, renchérit-il avec un sourire lourd de sens.

Ils furent interrompus par la serveuse qui apporta leurs assiettes. Eva fut soulagée de cet intermède. Tout cela était trop d'émotions pour elle – et peut-être aussi un peu trop d'alcool... En regardant son assiette avec gourmandise, elle se dit que manger lui ferait du bien. Non seulement c'était une diversion, mais cela lui permettrait d'éponger un peu le whisky et le vin dont elle avait abusé.

— Et ton fils, demanda-t-elle en entamant son plat. Il est aussi sournois qu'Elena ?

— Pas encore ! répondit Tyree en riant. Mais il n'a que seize ans, ça va venir...

Après cela, ils parlèrent surtout d'Elena. Après tout, le but de cette journée était surtout pour eux de se retrouver en tant que parents. Et puis aussi – il fallait bien l'admettre – de boire, manger, et faire du shopping...

Lorsqu'ils terminèrent leur repas et quittèrent le restaurant, Tyree lui proposa de manger un dessert. Il avait prévu de l'emmener dans un endroit spécial où ils se rendirent à pied, profitant de l'occasion pour faire quelques boutiques. Dans l'une d'entre elles, Eva trouva un tee-shirt sur lequel était écrit « *Je ne suis pas autoritaire, j'ai toujours raison* », et pensa immédiatement à Elena.

— Viens voir ! dit-elle en riant à Tyree, en lui prenant la main.

Alors qu'ils regardèrent le tee-shirt ensemble et rirent en imaginant la réaction d'Elena lorsqu'ils lui offriraient, Eva sentit la douce chaleur de Tyree s'enrouler autour d'elle et gagner le bas de son ventre, lui faisant prendre conscience de ses sens, qu'elle avait oubliés depuis bien – trop – longtemps.

Troublée, elle tenta de retirer sa main avant de ne plus pouvoir le faire et d'être prisonnière de son propre plaisir, mais Tyree l'en empêcha en serrant plus fort sa main dans la sienne. Elle leva alors les yeux sur lui et découvrit son magnifique sourire et son regard chaleureux posé sur elle. Sans rien dire, il lui faisait passer le message qu'il comprenait ce qu'elle ressentait, mais qu'elle n'avait rien à craindre.

Elle laissa donc sa main dans la sienne, s'abandonnant à leur bonheur commun. Grisé par cette victoire, Tyree porta sa main à ses lèvres et y déposa un léger baiser qui eut sur elle l'effet d'un tsunami. Ce fut comme si tout son corps ainsi que toute son âme étaient en chute libre.

— C'est vraiment le tee-shirt idéal pour elle, dit Tyree, avec désinvolture, apparemment inconscient de l'état dans lequel il venait de plonger Elena. On lui prend ?

Elle répondit par un simple signe de tête, parler étant, à cet instant, au-dessus de ses forces.

Alors, sans jamais lâcher la main d'Eva, Tyree prit le tee-shirt, la dirigea vers la caisse, et paya de sa main libre. Ils avaient l'air d'un couple, mais, finalement, Eva trouva cela agréable, et se laissa porter par ses émotions et son attirance pour lui.

C'était si agréable, d'ailleurs, que lorsqu'ils arrivèrent dans le restaurant que Tyree avait choisi pour le dessert, elle fut déçue de devoir lâcher sa main. Mais elle y fut pourtant obligée : impossible de manger une coupe de glace sans utiliser ses deux mains. En tout cas pas de manière civilisée !

— Il ne va pas falloir tarder, déclara-t-il lorsque leur coupe fut servie. Il est bientôt 20 heures.

— Je sais, répondit-elle à contrecœur. En tout cas, j'ai passé une excellente journée, ajouta-t-elle en le regardant dans les yeux.

Ils se regardèrent un instant sans rien dire, puis

Tyree lui fit goûter une cuillère de sa glace au chocolat et aux noisettes. Sans le quitter des yeux, Eva ouvrit la bouche et referma ses lèvres sur la cuillère avant que Tyree ne la lui retire. La glace fondit lentement dans sa bouche, faisant exploser en elle une douce saveur de chocolat, en même temps qu'un désir intense. La sensation fut si forte qu'elle dut changer de position pour ne rien laisser paraître ni de son désir pour lui ni de la gêne qu'elle ressentit.

— Je vais envoyer un texto au chauffeur, dit Tyree qui semblait dans le même état qu'elle.

— Bonne idée.

Ils rejoignirent la limousine qui les attendait au bout de la rue et s'installèrent à l'intérieur. Le soleil n'était pas encore tout à fait couché, mais, avec les vitres teintées, la lumière à l'intérieur de la voiture était tamisée et l'ambiance indéniablement sensuelle. Assise sur la banquette arrière, Eva se sentait très consciente de tout – en particulier de l'homme assis à côté d'elle.

— Tu es bien installée ? lui demanda-t-il pour rompre le silence.

— Oui très bien, répondit-elle simplement.

Il se mit alors à parler sans s'arrêter pendant les quelques kilomètres qui suivirent, sans qu'Eva réponde quoi que ce soit. Non pas qu'elle ne voulait pas lui répondre, mais elle ne savait tout simplement pas quoi dire, aux prises avec ses émotions.

Alors qu'il parlait du magasin d'articles de cuir

dans lequel il avait acheté un portefeuille, et du tee-shirt qu'ils avaient acheté pour Elena, il s'interrompit :

— Je parle trop, n'est-ce pas ?

— Quoi ? Oh ! non... pas du tout, répondit-elle, comme émergeant de ses pensées.

— Alors pourquoi ne dis-tu rien ?

— Euh... C'est vrai. Excuse-moi... C'est simplement que je me sens un peu nerveuse, avoua-t-elle.

— Je comprends. Je suis un peu nerveux aussi, concéda-t-il à son tour. C'est pour ça que je parle pour ne rien dire...

— Qu'est-ce qui te rend nerveux ? demanda-t-elle, le souffle court, en le regardant dans les yeux.

— Probablement la même chose que toi... répondit-il d'une voix grave en soutenant son regard.

Cette fois, le cœur d'Eva se mit à bondir. Elle eut la sensation de perdre tous ses moyens et baissa les yeux pour tenter d'atténuer sa nervosité.

— En fait, il y a quelque chose que je voulais te dire, finit-elle par dire en relevant les yeux vers lui.

— Je t'écoute ?

Sans rien dire, elle se pencha vers lui, haletante, et déposa ses lèvres sur les siennes. Instantanément, Tyree ouvrit sa bouche et prit le visage d'Eva entre ses mains pour le rapprocher du sien. Il sembla à Eva que leurs bouches étaient en fusion, et elle se laissa fondre en lui avec délectation.

Tout lui revint à l'esprit. Son goût, son odeur, la

douceur de ses mains lorsqu'il caressait son corps, la moiteur de sa langue sur ses seins... Elle sentit ses seins se durcir en même temps que sa raison disparut. Elle n'avait plus peur. Elle n'avait plus envie d'avoir peur, de mettre de barrières, de se protéger. Chassant la petite voix en elle qui lui disait qu'elle le regretterait le lendemain, elle roula sur le côté et s'installa sur les genoux de Tyree.

— Eva...

La voix de Tyree n'était plus qu'un souffle qui se perdit dans la bouche d'Eva. Elle se serra davantage contre lui et sentit l'intensité de son désir pour elle. Complètement libérée des chaînes qu'elle s'était elle-même infligées depuis trop longtemps, elle se frotta contre lui, sentant son sexe dur contre l'intérieur de ses cuisses. Chaque seconde, elle en voulait plus, même si elle savait qu'ils ne pouvaient pas aller plus loin, d'autant plus dans la limousine.

Mais elle se sentait tellement bien. Tellement libre. Elle fit glisser ses mains jusque sous son tee-shirt, plaquant ses paumes contre sa poitrine. La sensation était si intensément douce, si excitante, qu'elle ne put retenir un gémissement contre sa bouche.

Son goût était divin et se mêlait au sien, tout comme le passé se mêlait au présent, et à l'avenir. Elle avait l'impression d'être dans un autre espace-temps, dans un magma d'émotions qui la réchauffait tout entière et la ramenait à la vie.

Sauf que...

Sauf que son avenir n'était pas ici ni son présent d'ailleurs. Elle vivait en Californie. Toute sa vie était là-bas. Et malgré la force de son désir, de cette envie qu'elle avait de se perdre en lui, de le sentir contre elle, nu, elle savait qu'ils le regretteraient tous les deux le lendemain matin.

Rassemblant le peu de forces qui lui restaient, et le peu de raison aussi, elle détacha sa bouche de la sienne, brisant la magie de l'instant qui les avait réunis.

— Je suis désolée, murmura-t-elle. Je n'aurais pas dû commencer, s'excusa-t-elle en se rasseyant en face de lui, là où Tyree était installé à l'aller.

— Ça ne fait rien, répondit-il, essoufflé. J'aime les femmes qui prennent des initiatives, ajouta-t-il en plaisantant, afin de lui montrer qu'il ne lui en voulait pas.

Elle soupira, soulagée de sa réaction.

— C'est juste que je voulais...

Elle s'interrompit, se sentant ridicule.

— Quoi ? demanda-t-il.

Elle leva les yeux vers lui et le fixa quelques secondes avant de répondre.

— C'est juste que je voulais voir si c'était comme dans mon souvenir, finit-elle par admettre.

— Et, c'était le cas ?

— Non... c'était mieux.

—

— Voilà, nous sommes arrivés, déclara Eva devant la porte de sa chambre d'hôtel.

Elle dégagea doucement sa main de celle de Tyree, et ressentit aussi instantanément que cruellement le manque de lui.

— Merci de m'avoir raccompagnée. Tu n'étais pas obligé.

— Je t'en prie. C'est à moi que cela a fait plaisir, répondit-il.

— Je...

Elle s'interrompit et inspira profondément, cherchant ses mots.

— C'est juste que...

— Eva ? la coupa Tyree, qui savait ce qu'elle allait dire et qui n'avait aucune envie de l'entendre.

— Oui ?

— Stop...

Surprise, elle ouvrit la bouche pour répondre, mais il déposa ses lèvres sur les siennes pour l'en empêcher. Ils s'embrassèrent longtemps, lentement, jusqu'à ce que, délicatement, elle écarte son visage du sien et le regarde dans les yeux.

— Tu sais qu'on ne peut pas, murmura-t-elle.

— En fait, je ne sais rien du tout...

— Je repars dans moins de douze heures. Je ne veux pas...

— Quoi ? dit-il en la regardant intensément, mais sachant d'avance qu'elle ne céderait pas.

— J'ai tellement de bons souvenirs de notre histoire... Je ne voudrais pas les ternir. D'autant plus que...

Elle hésita à poursuivre.

— Bref, laisse tomber, dit-elle finalement.

— Dis-moi... insista Tyree, la regardant se débattre avec son hésitation.

Elle le regarda, prête à se livrer complètement.

— Je n'ai plus tout à fait dix-neuf ans, lâcha-t-elle enfin.

— Je m'en étais douté figure-toi, répondit-il avec un sourire d'une tendresse infinie. Mais ça tombe bien, moi non plus... ajouta-t-il, la faisant sourire.

— Tyree...

Elle prononça son nom comme si elle l'implorait, mais il ne sut pas exactement pour quoi... Et il sentait qu'elle non plus ne le savait pas vraiment.

— Je suis désolée, reprit-elle, brisant tous ses espoirs. Nous avons une fille ensemble, c'est vrai, mais cela ne nous donne pas le droit de faire n'importe quoi, au contraire... Même si je t'ai...

Elle s'interrompit juste à temps, et le regarda, aussi surprise que lui d'avoir laissé ses sentiments s'exprimer, mais, surtout, de constater qu'ils n'avaient pas changé, malgré le temps qui était passé.

— Pardon... Ça m'a échappé...

Tyree se contenta de la regarder avec un sourire

joyeux. Il avait envie de la serrer contre lui. Puisqu'elle lui avait avoué à demi-mot – c'était le cas de le dire – qu'elle l'aimait encore, il était sûr qu'il finirait par la faire céder.

Pourtant, elle avait aussi dit non, et il se devait de respecter cela. Même s'il avait cruellement envie de redécouvrir son corps...

Mais il chassa immédiatement cette pensée de son esprit. Après tout, peut-être avait-elle raison. Peut-être était-il plus raisonnable pour eux de se comporter comme des adultes responsables, comme des parents de cette fille qui était la leur, et d'essayer d'instaurer entre eux un rapport amical ? De toute façon, comme elle le lui avait rappelé, elle allait partir, loin...

Sauf s'il trouvait un moyen de lui faire changer d'avis.

DOUZE

Évidemment, Eva se réveilla en retard. Après une douche rapide, elle jeta toutes ses affaires dans son sac de voyage, se détestant de ne pas s'être mieux organisée, et priant pour ne pas rater son avion.

En se réveillant, elle avait trouvé un email d'Elena qui lui expliquait qu'elle ne pouvait pas l'accompagner à l'aéroport, car un pique-nique avait été organisé par l'association des nouveaux étudiants, et elle ne pouvait pas ne pas y aller. Elle s'excusait de ne pas revoir sa mère avant son départ, mais promettait de rentrer à San Diego très vite, certainement pour le pont du 4 juillet.

Plus que le pique-nique, Eva regretta surtout que sa fille ne l'ait pas appelé pour lui dire tout cela, plutôt que de lui envoyer un email. La sonnerie du téléphone l'aurait réveillée, et elle ne serait pas en train de courir dans tous les sens pour gagner une course contre le temps…

Et s'il n'y a pas de taxi de disponible devant l'hôtel ? pensa-t-elle avec effroi.

Une fois toutes ses affaires rassemblées, elle quitta la chambre à la hâte et courut jusqu'à l'ascenseur, qu'elle appela en appuyant sur le bouton avec frénésie – pestant silencieusement contre les fabricants qui faisaient exprès de construire des machines ultra-lentes. Après une minute et trente secondes, qui lui parurent une éternité, elle arriva enfin au rez-de-chaussée et se précipita vers la porte. Alors qu'elle traversait le hall, elle ne vit aucun taxi stationné devant l'hôtel. Elle eut alors envie de pleurer en se disant que le groom allait devoir appeler un taxi qui, peut-être, mettrait une éternité à arriver.

Mais, lorsqu'elle fut sur le trottoir, elle se figea. Tyree se tenait de l'autre côté de la rue, appuyé nonchalamment contre une Jeep Grand Cherokee gris foncé.

— Besoin d'un taxi, peut-être ? lui demanda-t-il en marchant vers elle.

— Ça dépend. Ta voiture vole ? Je suis affreusement en retard, répondit-elle sans même prendre le temps de lui dire bonjour.

— À quelle heure est ton vol ? lui demanda-t-il en prenant son sac de voyage.

Lorsqu'elle lui donna l'heure, il regarda sa montre et prit un air confiant.

— Si j'étais intelligent, je devrais te dire que c'est fichu pour te garder ici plus longtemps…

—… Mais nous savons tous les deux que tu n'es pas si intelligent, plaisanta-t-elle.

Son rire la parcourut comme une douce caresse.

— C'est vrai, donc je vais te dire la vérité : on va y arriver. Mais il faudra faire vite en passant la sécurité de l'aéroport…

— Je prends le risque ! lança-t-elle, courant derrière lui qui traversa la rue d'un pas rapide.

Une fois dans la voiture, confortablement installée sur le siège en cuir, elle commença enfin à se détendre.

— Merci beaucoup, Tyree, vraiment… C'est bien mieux qu'un taxi ou que la petite Honda d'Elena !

— En parlant d'Elena, dit-il en s'engouffrant dans la circulation, je voulais te parler de quelque chose. De parent à parent, je veux dire…

— Oui, bien sûr, dit-elle, avant de changer de conversation. Attends une minute, reprit-elle en se tournant vers lui. Comment savais-tu à quelle heure tu devais être devant l'hôtel pour m'accompagner à l'aéroport ? Je ne t'avais pas dit à quelle heure partait mon avion…

— À ton avis ? répondit-il en souriant, jetant un coup d'œil dans le rétroviseur.

Elle comprit immédiatement, et se laissa tomber sur son siège avec un sourire attendri.

— Sacrée Elena… Sais-tu si cette histoire de

pique-nique est vraie au moins ? Où était-ce encore une manière de nous laisser seuls ?

— Alors... il y avait bien un pique-nique, mais ce n'était que ce soir... lui apprit Tyree en riant.

— Bon, on peut au moins se dire qu'elle n'est pas complètement mythomane ; il y avait une part de vrai, après tout !

Tyree sourit.

— Quoi ?

— Non, rien... C'est juste que je vois à quel point Elena et toi vous ressemblez. À quel point vous vous aimez aussi !

— C'est vrai ? répondit-elle, touchée. Merci...

— C'est un peu pour te parler de ça que je suis venu te chercher d'ailleurs, en plus d'avoir une occasion supplémentaire de te voir, évidemment !

— Oh... C'est-à-dire ? demanda-t-elle avec un brin d'inquiétude dans la voix, sentant qu'un sujet lourd allait être abordé.

— En fait, j'ai réalisé qu'Elena n'avait jamais eu deux parents. Dont elle se souvient en tout cas, précisa-t-il, faisant référence à David, avec qui Eva s'était mariée, mais qui était parti lorsqu'Elena était encore toute petite.

— Et... ?

— Et Eli ne t'a jamais rencontrée...

— C'est vrai, admit-elle. Et j'aimerais beaucoup le connaître d'ailleurs. J'essaierai de revenir une semaine dans le courant de l'été, et on organisera une rencontre ?

— Pourquoi pas... Mais ce n'est pas vraiment ainsi que je voyais les choses.

Eva sentit son inquiétude grandir...

— Ah... Et comment voyais-tu les choses exactement ?

— Eh bien, il me semble que toi et moi, nous avons des responsabilités, en tant que parents, je veux dire.

— *Nous* ? tu veux dire... ensemble ? s'enquit-elle, sentant venir le danger.

— Oui, exactement. Je veux dire, il y a certaines choses que nous devons prendre en compte. Nous sommes une famille désormais, Eva, tu t'en rends compte ?

Elle réalisa que Tyree avait raison et s'en voulut de ne pas l'avoir compris elle-même.

— Or, une famille implique des obligations, reprit-il. Certaines qui sont agréables, d'autres qui sont plus contraignantes...

Elle remarqua que son ton se fit plus défiant, et elle se prépara à affronter la discussion.

— Tu sous-entends que je fuis ? demanda-t-elle en croisant ses bras, un brin vindicative.

Il quitta un bref instant la route des yeux et lui lança un rapide coup d'œil.

— C'est un peu ça, non ? Tu ne trouves pas ?

— Attends, Tyree, s'emporta-t-elle. Mes vacances sont prévues depuis des mois. Et puis je te ferais remarquer qu'Elena est adulte maintenant !

En fait, elle était en colère contre elle-même et pas contre lui. Elle savait qu'il avait raison. Certes, Elena était adulte, mais une *jeune* adulte, qui venait en plus d'apprendre que son père, qu'elle avait toujours cru mort, était en fait vivant, et qu'elle avait un frère qu'elle n'avait jamais rencontré.

Comment pouvait-elle laisser sa fille affronter seule cette situation et partir pour Vancouver ?

C'était Tyree qui avait raison. Elle fuyait. Pourquoi ne s'en était-elle pas aperçue plus tôt ?

— On ne se rend pas toujours compte de ce qui est trop près de nous, reprit Tyree qui perçut son malaise. Il faut parfois avoir le point de vue de quelqu'un d'autre pour prendre conscience de nos propres réactions.

— *Ton* point de vue par exemple ?

— Par exemple, répéta-t-il avec un sourire chaleureux.

Eva soupira et se laissa tomber sur siège.

— Tu sais ce qui me fait le plus mal ? lui demanda-t-elle.

— Non ?

— C'est que je réalise que c'est toi que je fuyais...

— Je croyais que tu allais me dire que c'était le fait que j'ai raison, plaisanta-t-il en lui prenant la main.

Eva appela la compagnie aérienne depuis la voiture pour annuler son vol et obtenir un remboursement sous forme de bon d'achat, qui lui permettrait d'acheter un autre billet lorsqu'elle déciderait de rentrer. Elle appela ensuite Marianne pour lui expliquer la situation et lui demander d'annuler son vol pour Vancouver, ainsi que l'hôtel.

— J'espère au moins que tu en profites, déclara Marianne, parce que tu me manques vraiment. Mais si au moins je sais que tu baises bien, ça me console, plaisanta-t-elle avec son franc-parler habituel.

— Tu as vraiment de la chance que je n'aie pas activé le haut-parleur, répondit Eva en riant.

Elle promit à Marianne de rentrer à temps pour les mariages qui devaient avoir lieu dans l'été et dont le premier était dans deux semaines, puis raccrocha.

— Tu vois ? Ce n'était pas si compliqué, lança Tyree, lorsqu'elle eut raccroché.

— Surtout pour toi. Ce n'est pas toi qui dois réorganiser ta vie et qui es SDF. J'ai rendu ma chambre au Driskill, je te signale.

— Je suis sûr qu'ils en ont une autre. Mais j'ai mieux à te proposer...

— Non, je ne vais pas dormir chez toi, le devança-t-elle.

— Même si j'aurais adoré, ce n'est pas à ça que je pensais... lui dit-il.

— Ah... fit-elle avec une pointe de déception. C'est quoi, alors, ta solution ?

— Elena m'a demandé de te dire que l'appartement qu'elle sous-loue a deux chambres...

— Ah ! Donc, en fait, vous étiez de mèche tous les deux, c'est ça ? fit-elle mine de s'insurger.

— Non, précisa-t-il, c'est Elena qui a eu l'idée que tu dormes chez elle. Moi, je voulais juste que tu restes.

— Tu voulais que je reste... Et pourquoi ? demanda-t-elle avec audace.

Elle s'avait qu'elle s'aventurait sur un terrain glissant, mais elle fut incapable de résister. Bien que ce soit la révolution dans sa vie, elle devait avouer qu'elle était très heureuse de rester à Austin plus longtemps.

— Pourquoi ? Parce que j'adore quand tu es ici, répondit Tyree avec franchise.

— D'accord... dit-elle, un brin décontenancée. Je suppose que c'est une raison valable.

Pour toute réponse, il lui prit la main de manière réconfortante. Lorsqu'il voulut la retirer, elle la serra plus fort et l'en empêcha. Il la regarda en souriant, agréablement surpris, et laissa ainsi sa main dans la sienne jusqu'au *Fix*.

— Pourquoi sommes-nous ici ? demanda-t-elle alors qu'il se garait. Je pensais que tu me déposerais chez Elena ?

— Ce ne sera pas long, mais j'ai une réunion

d'équipe ce matin, l'informa-t-il. Et comme Elena fait maintenant partie du personnel, j'ai pensé que ce serait une bonne idée de te présenter.

— Je vois… répondit-elle d'un ton dubitatif. Est-ce que je dois comprendre que ta fille et toi avez un plan et que je vais le découvrir maintenant ?

— Ce n'est pas impossible, en effet ! lança-t-il en riant.

Il descendit de la voiture et, curieuse, Eva lui emboîta le pas. Après que Tyree ouvrit le store métallique qui protégeait la devanture du bar pendant les heures de fermeture, ils entrèrent'.

Eva prit le temps de contempler le décor et de s'imprégner de l'atmosphère des lieux. Elle réalisa que, la première fois qu'elle était venue, elle avait été trop nerveuse pour faire attention à quoi que ce soit. Mais, cette fois, elle appréciait la finesse de la décoration et l'atmosphère accueillante qui s'en dégageait. C'était à la fois original et confortable. Traditionnel et novateur. Le genre d'endroit dans lequel on se sentait immédiatement chez soi.

— Il est génial ton bar, déclara-t-elle. On peut dire que tu as magnifiquement réalisé ton rêve !

— C'est vrai, répondit-il. Je suis très fier de cet endroit. Il est très important dans ma vie, et je fais tout ce que je peux pour ne pas le perdre.

— Elena m'a dit, en effet, que vous traversiez quelques difficultés…

— C'est justement l'objet de la réunion de ce

matin, lui dit-il en la guidant à l'arrière de l'établissement.

Ils arrivèrent dans la salle de réunion, où quelques membres du personnel étaient déjà installés. Il y avait Elena, Brent – qu'Eva avait déjà rencontré –, et Reece et Jenna, que Tyree lui présenta.

— Je suis très heureuse de vous rencontrer, déclara Jenna en se levant et en lui tendant la main. Et pas seulement parce que nous avons besoin de vous !

— Bien joué, Jenna ! lança Tyree en riant. Je ne lui ai encore rien dit...

— Tu veux dire que vous avez passé une heure en voiture ensemble depuis l'aéroport et que tu n'as pas trouvé le temps de lui dire ? s'indigna Jenna. Les hommes... tous les mêmes ! conclut-elle en s'adressant à Eva avec un large sourire.

— Ils auraient besoin de tes talents de photographe, maman, intervint Elena.

— Voilà, c'est ça, renchérit Tyree.

Eva ne comprenait rien et eut envie de rire, ayant l'impression d'être chez les fous.

— Attendez, je ne comprends rien à ce que vous me dites, leur dit-elle. Qu'est-ce que vous attendez de moi au juste ?

— En fait, commença à expliquer Jenna avec calme, nous organisons deux fois par mois l'élection de l'homme du mois. Une sorte de concours de beauté qui nous permet d'attirer du monde et de faire de la publicité au *Fix*. La cinquième élection a lieu mercredi prochain, et nous aurions besoin des portraits des cinq premiers vainqueurs pour un calendrier que nous sommes en train de créer et que nous envisageons de vendre. Mais au-delà de cela, il nous faudrait aussi quelques photos du bar pour notre site Internet. Et puis – mais je vous promets qu'après, c'est terminé ! – nous préparons un livre de cuisine pour lequel nous aurions besoin de photos des plats dont nous donnerons les recettes.

— Et n'oublie pas l'idée de Megan, lui souffla Reece, tandis qu'Eva essayait d'assimiler toutes les informations qui lui étaient données.

— Ah, oui, c'est vrai ! s'exclama Jenna. Megan et moi sommes en quelque sorte les responsables marketing des lieux, commença-t-elle d'un air faussement pompeux. Or, Megan a eu l'excellente idée de diffuser les photos des candidats à l'élection de l'homme du mois sous forme de cartes postales, de flyers, et de publications sur nos pages Facebook et Twitter. Ce serait en fait une manière de promouvoir chaque élection avant qu'elle n'ait lieu. Vu que ces soirées connaissent un gros succès, je n'y avais pas pensé, mais, en fait, c'est une super idée ! Plus nous aurons de publicité, plus nous augmenterons la clientèle, et plus le bar aura de chance de rester ouvert...

Cela représenterait, en plus du reste dont je vous ai parlé, une douzaine de portraits toutes les deux semaines...

Elle se tourna vers les autres.

— Je pense avoir tout dit, n'est-ce pas ?

Tous hochèrent la tête en signe d'approbation.

— Voilà, c'est tout, lança Jenna en direction d'Eva. Elena nous a dit que vous étiez une merveilleuse photographe...

— Je ne sais pas si je suis merveilleuse, répondit Eva en riant, mais je suis photographe, en effet. C'est mon métier... Et si je peux vous aider, j'en serais ravie !

— C'est génial, se réjouit Tyree.

Il commença à s'approcher d'elle pour la prendre dans ses bras, mais elle l'interrompit.

— J'ai juste une toute petite condition, dit-elle en levant la main.

Tous se figèrent et la regardèrent, pendus à ses lèvres.

— On vous écoute, dit Jenna.

— Je veux que Tyree participe au prochain concours, dit-elle en le regardant avec un sourire innocent. Tu n'es pas d'accord avec moi, chérie ? demanda-t-elle en s'adressant à Elena.

— Tout à fait, répondit Elena en imitant l'air faussement innocent de sa mère.

— Il me semble évident que le propriétaire des

lieux doive apparaître sur les photos publicitaires, expliqua-t-elle. Tu es d'accord avec ça, Tyree, n'est-ce pas ?

— J'ai l'impression que je n'ai pas le choix, répondit-il en souriant d'un air résigné.

TREIZE

— Tu ne veux pas prendre les photos des hommes à l'intérieur du bar ? s'étonna Tyree lorsqu'Eva lui apprit qu'elle voulait faire des photos en extérieur.

— Si bien sûr, mais j'ai d'abord besoin de découvrir leur personnalité, et, pour ça, je dois les prendre dans leur environnement, sur leur lieu de travail, par exemple, ou dans des endroits de la ville qu'ils aiment et qui les caractérisent. Cela m'aidera ensuite à savoir comment les prendre à l'intérieur du *Fix*.

Tyree ne pouvait être que d'accord avec elle. Ce qui le gênait, en réalité, c'était qu'il voulait la garder le plus possible près de lui, dans le bar. Il décida donc qu'il la suivrait en extérieur chaque fois qu'il le pourrait. Il avait réussi à la convaincre de rester plus longtemps à Austin, ce n'était pas pour être séparé d'elle à longueur de temps ! Bien sûr, il avait été sincère lorsqu'il lui avait dit que c'était important pour Elena, mais ça l'était tout autant pour lui.

Malgré tout, la présence d'Eva le plongeait parfois dans une sorte de culpabilité. Il avait le sentiment qu'en laissant entrer Eva dans sa vie, il abandonnait Teiko. Pourtant, n'avait-il pas le droit de continuer à vivre ? N'était-ce pas ce que Teiko elle-même aurait voulu ?

Il décida de ne plus penser à tout cela, et de suivre Eva pour sa première journée de shooting. Ils commencèrent par Nolan, qu'Eva photographia dans son studio d'enregistrement. Elle photographia ensuite Reece faisant des rénovations dans la cuisine de son père. Quant à Spencer, elle le photographia dans une magnifique propriété de Drysdale, que Brooke et lui avaient récemment achetée et qu'ils rénovaient.

Le lendemain, ce fut au tour de Cameron d'être photographié. Eva et Tyree le rejoignirent sur le campus, et restèrent après que Cameron les quitta pour aller rejoindre Mina, sa petite amie. Une fois seuls, ils se baladèrent sur le campus, entre les bâtiments et les collines. En cette fin d'après-midi, la lumière était magnifique et Eva en profita pour faire des photos de Tyree.

Lorsqu'ils décidèrent de s'arrêter sur une colline qui surplombait le campus, Tyree s'allongea dans l'herbe, les yeux rivés vers le ciel, tandis qu'Eva continuait de le prendre en photo.

— Tu as peut-être suffisamment de photos, maintenant ? s'amusa-t-il, gêné d'être ainsi placé sous les feux de la rampe.

— Non, je veux beaucoup de photos de toi ! s'enthousiasma-t-elle. Et puis je suis certaine que tu vas gagner la prochaine élection, donc autant que je m'avance...

— Je ne suis pas sûr de gagner... je suis loin d'être le plus beau, et encore moins le plus jeune, dit-il en roulant sur le côté pour la regarder, la tête appuyée sur sa main.

— Tu vas à la pêche aux compliments, c'est ça ? répondit-elle en riant.

— Ce ne sont pas des compliments que j'aimerais...

— Ah bon... ? Et qu'est-ce que tu aimerais alors ? répondit-elle en souriant et en l'interrogeant du regard.

— Viens, je vais te le dire, lui dit-il en lui faisant signe de s'approcher de lui avec l'index.

— Je crois plutôt que tu devrais me montrer... murmura-t-elle en approchant son visage du sien.

— Excellente idée, madame Anderson, répondit-il en doucement.

Il passa sa main derrière sa nuque et l'attira à lui, allongé dans l'herbe, jusqu'à ce que leurs lèvres se rencontrent. La bouche d'Eva était douce, sensuelle, et provoqua en lui une douce chaleur qui se mêlait à celle du soleil, qui semblait concentré uniquement sur eux, comme s'ils étaient seuls au monde.

Eva interrompit le baiser, trop vite au goût de Tyree...

— J'ai rêvé de ce moment depuis l'instant où j'ai décidé de rester, lui dit-elle en souriant et en le regardant dans les yeux.

— Merci mon Dieu ! s'exclama Tyree, soulagé qu'elle ne lui demande pas d'arrêter.

— Mais je n'ai pas fini ! ajouta-t-elle en riant, amusée par son enthousiasme presque enfantin. En fait... Je ne suis toujours pas certaine que cela soit une bonne idée, mais... en même temps... je n'ai pas non plus envie d'arrêter. Tu comprends ?

— Oui... enfin, je crois, répondit Tyree, perplexe.

— Ce que je veux dire, c'est que j'aimerais que nous allions doucement.

— Je suis complètement d'accord avec ça, la rassura-t-il en caressant sa joue.

Il lui souriait. Son visage était lumineux, chaleureux, et Eva se sentit plus que jamais attirée par lui. Elle tourna le visage dans la main qu'il avait posée sur sa joue et déposa un baiser sur sa paume.

— Eva, murmura Tyree.

— Oui ?

— Puisque nous avons décidé d'aller doucement... Est-ce que tu veux bien m'embrasser lentement, mais longtemps ?

Elle lui sourit, amusée, et se pencha vers lui, déposant ses lèvres sur les siennes, doucement...

Lorsqu'Elena et Eva vinrent dîner chez Tyree pour rencontrer Eli, toutes les craintes que chacun avait pu avoir quant à cette nouvelle situation s'évanouirent presque aussitôt, laissant place à un mélange de chaos et de rires...

Elena avait décidé d'offrir à Eli une console Nintendo. Lorsqu'elle la lui offrit, les yeux du jeune garçon sortirent littéralement de leur orbite : il était fou de joie et remercia sa sœur plusieurs fois, en lui disant que c'était justement ce qu'il avait eu l'intention de demander à son père comme cadeau d'anniversaire. Lorsqu'il brancha le jeu sur la télévision, lui qui était d'ordinaire si réservé se transforma en un adolescent loquace et plein de vie.

— Tu as été inspirée ! commenta Tyree, heureux de voir son fils si à l'aise.

Tandis qu'Elena s'installa à côté d'Eli pour apprendre à mieux le connaître – mais aussi parce que, comme lui, elle adorait les jeux vidéo – Tyree et Eva rejoignirent la cuisine où Tyree termina de préparer le dîner.

— On dirait que ces deux-là se sont trouvé une passion commune, dit Eva en riant, en prenant place sur l'un des tabourets du bar de la cuisine. Elena est une fanatique de jeux vidéo depuis qu'elle a quinze ans. Elle m'a même demandé de lui offrir la dernière console à Noël, cette année, malgré son âge… Elle m'a supplié de ne lui offrir aucun autre cadeau et de mettre tout le budget que j'avais prévu pour elle dans ce truc ! s'amusa-t-elle.

— C'est génial, commenta Tyree en disposant les enchiladas dans un plat à four. J'ai l'impression qu'ils vont s'entendre encore mieux que ce que nous avions imaginé !

Après avoir mis son plat au four, il fit le tour du bar et s'assit sur le tabouret à côté de celui d'Eva. En la regardant, le mot qu'elle venait de prononcer s'imposa à lui comme une évidence : « budget ».

— Au fait, lui dit-il, je ne t'ai même pas posé la question : peut-être que de rester ici t'empêche de travailler et donc de gagner de l'argent ?

Il avait toujours pensé qu'elle était riche, car, quand ils étaient jeunes, elle l'était. Ou, du moins, son père l'était…

— Ne t'inquiète pas, le rassura-t-elle. Au contraire, cela me fait gagner de l'argent. En n'allant pas à Vancouver, j'économise le billet d'avion et les frais d'hôtel. Et puis je te rappelle que Jenna me paye comme si j'étais une photographe de mode internationale, ajouta-t-elle en riant.

— OK, mais tout de même, je suis désolé de ne pas y avoir pensé plus tôt.

— Tout va bien, je te dis, répéta-t-elle en posant

sa main sur la sienne. Mais, en effet, je n'ai plus rien de mon père. Il m'a coupé les vivres dès l'instant où je lui ai annoncé que je divorçais de David. Il m'a même déshéritée ; il a tout légué à une association caritative, à l'exception de quelques boîtes de photos et de souvenirs...

Tyree la regarda d'un air désolé, méprisant encore plus cet homme qu'il n'avait jamais aimé.

— C'est dans l'une de ces boîtes que j'ai trouvé la lettre qu'il avait écrite et dans laquelle il confessait m'avoir fait croire que tu étais mort. Et la lettre n'était même pas pour moi ! ajouta-t-elle, revivant la souffrance qu'elle avait ressentie en découvrant la vérité. Je suppose qu'il voulait simplement apaiser sa conscience. Elle était accompagnée des cinq lettres que tu m'avais adressées et qu'il avait interceptées. Je ne les avais jamais vues avant...

Tyree sentit à nouveau la colère monter en lui, et pensa que c'était une bonne chose que le père d'Eva soit mort. Car, s'il ne l'avait pas été, il aurait été capable de prendre le premier vol pour San Diego et d'aller lui dire deux mots.

— Il nous a fait du mal à tous les deux, dit-elle doucement, comprenant ce qu'il était en train de se dire. Mais tout ce qu'il nous reste à faire, maintenant, c'est aller de l'avant.

Sans rien dire, il leva les yeux et regarda Eva, en pensant à leur passé et à la vie qu'ils auraient pu avoir. Eva se pencha et l'embrassa, lentement, doucement. La tendresse de ses lèvres fit fondre la tension qu'il avait en lui, qui laissa place à une chaleur si intense qu'il regretta presque que les enfants soient dans le salon.

— En plein apéro, à ce que je vois ! lança Eli en faisant irruption dans la cuisine.

En parlant des enfants...

— Ne vous dérangez pas pour moi ! ajouta-t-il alors que Tyree et Eva se redressèrent instantanément, comme deux enfants pris en faute. Je voulais juste vérifier si le dîner était bientôt prêt...

— Cinq minutes, déclara Tyree.

— Déjà ! Tu es du genre rapide, dit-il avec un clin d'œil.

— Eli ! s'offusqua Tyree. File ! Oust !

— Il est vraiment génial, dit Eva en riant encore de la blague d'Eli.

Lorsque le dîner fut près, les enfants refusèrent de passer à table, arguant qu'ils devaient absolument terminer la partie qu'ils avaient commencée. Tyree céda, et prépara des plateaux-télé pour tout le monde. Une fois les enchiladas avalées, les enfants débranchèrent – à contrecœur – la Nintendo, et cherchèrent un film en streaming pour toute la famille. Lorsqu'ils tombèrent sur *À nous quatre*, le film de Disney, Tyree et Eva insistèrent pour le regarder.

Elena semblait ne rien comprendre à leur engouement pour ce film, et Eli ne paraissait pas du tout tenté par l'idée, mais tous deux finirent par capituler. À la fin, Eva et Tyree eurent même la surprise de découvrir que les enfants avaient adoré le film – bien qu'il s'agisse d'un film « préhistorique », comme l'avait fait remarquer Eli.

Le film ayant été tourné en Californie, Eli posa beaucoup de questions à Eva et Elena sur cette région qui le faisait rêver.

— Ce serait génial de vivre là-bas ! lança Eli à son père. Je pourrais apprendre à surfer !

Tyree était heureux de voir son fils aussi épanoui et à l'aise avec sa nouvelle sœur. Et, plus égoïstement, il était heureux de sentir Eva installée contre lui dans le canapé, la tête sur sa poitrine et sa main sur son bras.

La soirée avait été parfaite.

Trop, peut-être... pensa-t-il.

Il sentait qu'il allait très vite s'y habituer et ne plus vouloir y renoncer.

QUATORZE

Le plus gros inconvénient dans le fait qu'Eva photographie les concurrents de l'élection de l'homme du mois était que, après chaque séance, elle devait passer un temps infini à travailler les photos sur l'ordinateur. Or, pour cela, elle avait véritablement besoin d'être seule.

Elle avait essayé d'amener son ordinateur au *Fix*, pour être près de Tyree, comme il le lui avait demandé, mais les va-et-vient la déconcentraient trop et elle avait finalement renoncé, préférant travailler dans l'appartement d'Elena, allant même jusqu'à éteindre son téléphone pour ne pas être dérangée.

Cela faisait maintenant plusieurs heures qu'elle travaillait, enfermée chez sa fille, et, la soirée approchant, elle commença à perdre sa concentration. Elle ne pensait qu'à une seule chose : rejoindre Tyree.

Elle tenta de se discipliner, se rappelant qu'elle

était une adulte, mais, au bout de vingt minutes, son esprit se mit à nouveau à vagabonder. Elle avait l'impression d'avoir un petit diable sur son épaule qui lui soufflait de tout laisser tomber et de rejoindre Tyree et les autres au *Fix*. Après tout, les photos n'allaient pas s'envoler et elle les retrouverait le lendemain. Bien sûr, elle voulait tenir les délais, mais ce n'étaient pas quelques heures qui la mettraient en retard... Elle décida donc d'écouter son petit diable et se leva pour aller se préparer ne pouvant décemment pas rejoindre Tyree vêtue des vêtements qu'elle avait empruntés à sa fille, après sa douche : un short et un débardeur en lin à travers lequel on voyait ses seins, puisqu'elle n'avait pas mis de soutien-gorge.

Alors qu'elle se dirigeait dans la chambre dans laquelle elle dormait, elle entendit frapper à la porte. Malgré sa tenue peu présentable, elle alla ouvrir, pensant qu'il devait s'agir de la voisine du dessous qui venait lui rendre le tournevis qu'elle avait emprunté le matin même.

Mais, lorsqu'elle ouvrit la porte, elle tomba nez à nez avec Tyree.

— Oh ! dit-elle simplement, regrettant immédiatement de ne pas avoir témoigné davantage de joie en le voyant.

Elle était évidemment heureuse de le voir, mais elle aurait préféré qu'il la voie maquillée et dans une autre tenue... Pourtant, lorsqu'il fut entré et qu'elle eut fermé la porte, Tyree la regarda avec tellement de convoitise qu'elle en oublia son apparence et reprit confiance en elle.

En effet, Tyree était ravi de cette tenue qui ne laissait que très peu de place à l'imagination, et qui provoqua en lui un désir intense.

— Waouh ! Fais attention… tu risques de provoquer des crises cardiaques dans cette tenue !

— Je crois que c'est le meilleur compliment que l'on m'ait jamais fait ! répondit-elle en riant.

— Je suis venu parce que je voulais te voir. Te parler. Mais maintenant…

— Maintenant quoi ? demanda-t-elle, le souffle court, alors que Tyree s'approchait d'elle comme un félin de sa proie.

— Disons que j'ai moins envie de parler… dit-il doucement en la prenant dans ses bras.

Aussitôt, sans même lui laisser le temps de répondre quoi que ce soit, il l'embrassa, chaudement, sauvagement, délicieusement. Eva ressentait une certaine excitation à être ainsi piégée. Elle aimait l'idée qu'il pouvait faire d'elle ce qu'il voulait, et elle espérait même qu'il le ferait…

Comme s'il avait entendu son désir, d'une main, il leva ses deux bras au-dessus de sa tête en les tenant par les poignets, et, avec son autre main, releva son débardeur, libérant ainsi ses seins.

Il se pencha et prit l'un de ses mamelons dans sa bouche, d'abord doucement puis plus durement, la mordant presque. Eva fermait les yeux, haletante, concentrée sur la sensation de sa bouche sur sa peau qui la faisait frissonner.

— Tu as des seins sublimes, susurra-t-il en enfouissant son visage dans son cou.

Sans jamais briser le contact entre ses lèvres et la peau d'Eva, il revint vers sa bouche et l'embrassa à nouveau, se plaquant contre elle, la protégeant de tout son corps. Il était si près qu'Eva sentait son sexe dur contre son pubis, à travers son jean. Tout son être ne semblait désirer qu'une seule chose : qu'il la prenne, qu'il la remplisse et qu'elle le sente – enfin – en elle.

En même temps, elle aurait aimé que ce moment d'attente dure toujours. Elle aimait cette douce torture, cette tendre soumission...

— Je te désire tellement, Eva... gémit-il. Qu'est-ce que tu m'as fait ?

— Je ne sais pas, répondit-elle en riant. Mais je suis très contente que tu sois venu.

— J'avais besoin de te voir, dit-il en caressant sa lèvre inférieure avec son pouce. Parfois, ça me fait peur d'avoir autant envie d'être avec toi...

— Je comprends, répondit-elle. La distance... Moi à San Diego, toi ici... mes responsabilités, les tiennes...

— Il y a un peu de ça, c'est vrai, acquiesça-t-il. Ça me semble impossible...

— Je suis sûre que c'est possible, au contraire, murmura-t-elle.

Les mots lui avaient échappé, comme une preuve de son attachement qu'elle avait tenté de dissimuler jusque-là. Mais, maintenant qu'ils étaient dits, elle réalisa qu'elle avait véritablement envie que leur histoire soit possible. Elle le désirait. Elle savait qu'ils étaient faits l'un pour l'autre. Et elle était certaine qu'ensemble, ils parviendraient à surmonter les difficultés de leur situation.

Pourtant, elle voyait dans ses yeux une ombre qu'elle ne comprenait pas. Ce n'est qu'alors qu'elle réalisa qu'elle venait de lui dire que la distance n'était qu'une partie du problème...

— Tyree ?

— Chut, murmura-t-il. Laisse-moi t'embrasser.

L'ombre avait disparu. Elle savait que ce n'était certainement que temporaire, que quelque chose n'allait pas, mais elle décida d'oublier cela et de vivre ce moment pleinement.

— M'embrasser seulement ? souffla-t-elle, le corps tendu par un désir qui la brûlait presque. J'ai envie de plus...

Tyree l'embrassa, dans un baiser qui ressemblait à une promesse et qui fit tomber toutes ses barrières, toutes ses peurs.

— Je t'emmène ? lui demanda-t-il lui prenant la main.

— Oui, répondit-elle simplement, plongeant son regard dans le sien.

Alors, il lâcha ses poignets puis, prenant à un

nouveau son sein dans sa bouche, il fit glisser sa main le long de son ventre, jusqu'au haut de ses cuisses. Eva ne portait pas de sous-vêtements, et Tyree trouva immédiatement la chaleur de sa chatte qu'il caressa doucement, frôlant son clitoris. La sensation était si délicieuse, si intense, qu'Eva crut un instant que ses jambes allaient la lâcher.

Plantant ses mains dans son dos, elle s'agrippa à lui, fort, comme à une bouée. Elle ne savait pas où elle allait, mais peu lui importait, elle savait qu'elle était en sécurité, qu'il était là.

Soudain, elle sentit qu'il la souleva et elle plaça ses jambes autour de sa taille. Tyree l'amena alors jusqu'à la chambre, et la posa délicatement sur le rebord du lit.

— Allonge-toi, ordonna-t-il.

Elle obéit, se mordant la lèvre inférieure tandis qu'il retirait son short complètement, puis écarta ses jambes, l'exposant complètement à lui.

— Tyree... murmura-t-elle, à la fois excitée et timide.

Sans répondre, Tyree posa ses lèvres sur l'intérieur de ses cuisses, tout en caressant, d'une main, l'arrière de son genou. La sensation était si magique que sa timidité s'envola. Elle avait l'impression d'être belle, sensuelle, désirable... Il bougeait lentement, effleurait sa peau, explorait cette partie de son corps qu'il n'avait pas vue depuis si longtemps avec une douceur infinie.

Soudain, elle sentit l'un de ses doigts en elle et se cambra, tandis que la barbe naissante de Tyree caressait délicieusement sa peau, et que sa langue effleurait son clitoris. Elle était trempée – incroyablement trempée – comme elle eut l'impression de ne jamais l'avoir été. Elle avait le sentiment de n'être plus qu'un corps avide, uniquement centrée sur ses sensations. Elle se laissait porter par son plaisir, comme un surfer par la vague. Tandis qu'elle était transportée de plus en plus haut, de plus en plus loin, elle sentit son corps en fusion, comme si elle était traversée par une énergie nouvelle, celle de Tyree, qui se serait glissée en elle.

Alors, dans un instant de tension extrême, elle fut submergée par une vague de plaisir qui la transporta dans un autre espace-temps. Tout son corps tremblait, elle criait, gémissait de plaisir. Ce ne fut que lorsqu'elle revint à elle qu'elle s'aperçut qu'elle n'était plus dans le salon, mais dans la chambre, sur le lit.

Tyree était au-dessus d'elle, son sexe en érection contre sa fente. Elle le regarda, comme le suppliant de venir en elle.

Elle voulait le sentir en elle. Être liée à lui, lui être soumise. Elle avait besoin de se sentir possédée et protégée par cet homme qu'elle n'avait jamais cessé d'aimer malgré les kilomètres et les années.

— Embrasse-moi, supplia-t-elle.

Aussitôt, Tyree colla sa bouche contre la sienne,

et elle s'agrippa à lui pour l'approcher le plus possible d'elle.

— Viens, murmura-t-elle.

Enfin, elle sentit sa queue glisser en elle. Elle ferma les yeux, se cambra, et écarta les jambes en gémissant. Elle ressentait une attraction passionnelle, une fusion totale. Elle voulait plus, elle voulait tout...

Lorsque tout à coup, Tyree se retira.

— Je ne peux pas, murmura-t-il d'un ton grave.

Il roula sur le côté et ferma les yeux, comme pour ne plus voir la situation.

— Je suis désolé, Eva, je ne peux pas, répéta-t-il.

— Ce n'est pas grave, lui dit-elle doucement en se redressant et en se couvrant avec le drap.

Certes elle était déçue, mais ce n'était pas non plus la fin du monde.

— Honnêtement, ça arrive...

Il laissa échapper un petit rire sarcastique, puis s'assit sur le rebord du lit, prenant sa tête dans ses mains.

— J'aurais dû t'en parler, dit-il. C'est juste que... avec toi, je pensais que cela irait. Mais ça ne va pas. C'est même pire que ce que je pensais, conclut-il.

Il se tourna vers elle et la regarda dans les yeux. Elle soutint son regard, mais était trop confuse pour dire quoi que ce soit. Elle ne comprenait pas la douleur qui semblait soudain l'avoir submergé ; une douleur qui lui paraissait disproportionnée par rapport au problème réel.

— Je suis désolé, dit-il en se levant et en quittant la pièce.

Immédiatement, Eva quitta le lit, enfila son tee-shirt, et le suivit. Il était hors de question que leur discussion se termine ainsi. Elle avait besoin de comprendre.

Elle le trouva sur le canapé et s'installa à côté de lui, puis posa doucement sa main sur son genou. Il leva les yeux, esquissa un léger sourire, et passa son bras autour de son épaule.

Soulagée de ce rapprochement, elle s'appuya contre lui. Néanmoins, elle était déterminée à comprendre ce qui l'avait mis dans un tel état. Elle voulait pouvoir s'excuser si elle avait été maladroite, mais, surtout, elle s'inquiétait pour lui.

Doucement, elle lui demanda ce qu'il se passait. Tyree resta silencieux quelques instants, à tel point qu'elle se demandait s'il avait entendu sa question, puis se mit à parler.

— J'ai eu trois relations au cours des sept années qui ont suivi la mort de Teiko, commença-t-il, pesant chacun de ses mots. Ce n'est pas tellement que je le voulais, mais mes amis pensaient que je ne devais pas rester seul. Alors ils m'ont présenté des filles… Et pour être honnête, ce n'étaient pas vraiment des relations. Chaque fois, je voyais la fille à plusieurs reprises, et c'était tout…

— Vous couchiez ensemble, quand même ?

— Oui, parfois, acquiesça-t-il. Mais il s'agissait

plus d'un désir de contact, de connexion, même s'il n'y avait pas vraiment de sentiments derrière.

— Je comprends...

— En fait, reprit-il, c'était davantage un exutoire. Nous voulions juste... jouir. Et ces filles y sont arrivées, je crois. Mais pas moi...

Il s'interrompit et expira profondément, comme pour libérer la tension qui était en lui.

— Depuis qu'elle est morte – depuis que j'ai perdu Teiko –, je n'ai pas vraiment pu faire l'amour à une femme. Ça marche techniquement, mais pas dans ma tête...

— Je suis désolée. J'imagine que cela doit être terriblement frustrant. Mais je ne veux pas que tu t'inquiètes de ce que je ressens. Je veux juste être près de toi. Bien sûr, ce sera formidable quand nous pourrons à nouveau faire l'amour – je me souviens à quel point c'était bien –, mais ce que je veux, par-dessus tout, c'est que nous soyons ensemble. Toi et moi.

Il la regarda et la serra contre lui.

— Je sais, Eva. Et je te crois... J'aurais dû t'en parler avant, mais je pensais que cela serait différent avec toi. Mais...

—... mais en fait, c'était pire ?

Il acquiesça.

— Tyree, tu aimais Teiko. Et c'est difficile de laisser partir quelqu'un que l'on aime...

Il la regarda dans les yeux, l'air surpris.

— Tu sais...

Elle l'interrompit en pressant son index sur ses lèvres.

— Il est évident que tu l'aimais. Que tu l'aimes toujours. Et c'est normal que cela se répercute sur ta sexualité.

— Je suis désolé, dit-il encore.

— Non, ne t'excuse pas d'aimer ta femme. Ne t'excuse jamais de cela...

Il l'embrassa doucement sur le front, et la serra à nouveau contre lui.

— J'ai juste une question, reprit-elle. Pourquoi pensais-tu que ce serait mieux avec moi ? Et pourquoi était-ce finalement pire ?

— Tu ne te doutes pas ?

— Non, c'est pour ça que je te le demande...

— Même réponse aux deux questions.

Ne comprenant pas sa réponse, elle l'interrogea du regard.

— Parce que je t'aime, dit-il doucement.

QUINZE

Eva aurait aimé pouvoir guérir la culpabilité de
Tyree d'un coup de baguette magique. Elle comprenait qu'il aime sa femme, et ne lui en voulait pas de
cela. Mais elle avait de la peine de le savoir à ce point
bloqué dans sa vie, surtout après toutes ces années.

Surtout, elle détestait cette insécurité qu'elle
sentait poindre en elle. Car elle était en train de
retomber amoureuse de Tyree – en supposant qu'elle
ait même un jour cessé de l'aimer. Or, même s'il lui
avait dit qu'il l'aimait, elle avait peur que cela ne soit
pas réellement le cas. Ou, en tout cas, qu'il se
retienne de l'aimer véritablement, par peur de s'éloigner de Teiko.

Bien sûr, elle l'admettait, former un couple avec
elle, supposait de s'éloigner de Teiko. Mais, finalement, cela ne faisait-il pas partie du processus de
guérison ?

Était-elle égoïste en souhaitant qu'il guérisse plus vite pour pouvoir lui donner ce qu'elle voulait, elle, alors que ce n'était peut-être pas ce dont il avait besoin, ou envie ?

Elle ne savait pas quoi penser.

Elle décida donc de ne plus y penser et de vivre dans l'instant. Elle était à Austin, elle allait passer du temps avec sa fille, faire son travail, voir Tyree autant que leur emploi du temps respectif le leur permet-trait, et rien de plus. Elle verrait ensuite où cela la mènerait.

Ce n'était peut-être pas la meilleure stratégie, mais sa seule autre option était de rompre avec Tyree et de ne le considérer que comme le père d'Elena.

Franchement, leur relation avait été trop loin pour cela, et elle n'avait aucune envie de ne plus le voir.

La veille, il avait quitté l'appartement avant le retour d'Elena. Ils n'étaient pas retournés dans la chambre, mais étaient restés blottis l'un contre sur le canapé, refaisant le monde et se remémorant leur jeunesse. Elle avait adoré passer ce moment avec lui ; son seul regret était de ne pas s'être réveillée dans ses bras.

Ils avaient convenu de se retrouver le lendemain matin pour un petit-déjeuner en tête-à-tête et une promenade autour du lac. Elle était donc en train de l'attendre à l'angle de l'avenue du Congrès et de la rue Cesar Chavez, et prenait des photos du quartier pour passer le temps.

Lorsqu'elle l'aperçut de loin, marchant dans sa direction avec deux tasses de café à emporter à la main, elle se mit à le photographier, chaque plan étant plus près au fur et à mesure qu'il s'approchait d'elle, jusqu'à ce que, finalement, elle ne voie à travers son objectif qu'une tasse en polystyrène blanc en gros plan.

— Ça va être du grand art, plaisanta-t-elle en baissant son appareil photo pour l'embrasser. En tout cas, cela me fera des souvenirs de toi pour quand je serai seule !

— Je crois plutôt que ce sera ça, en effet : répondit-il en riant et en lui tendant une tasse de café. Et je sais que nous avions parlé de prendre le petit-déjeuner, mais il fait tellement beau ce matin que je me suis dit qu'on pourrait pique-niquer. J'ai acheté des Kolaches ! annonça-t-il en tendant un sac en papier.

Affamée, elle prit le sac et regarda à l'intérieur. Il était rempli de petites brioches aux fruits qui lui donnèrent l'eau à la bouche. Incapable de résister, elle en prit une et mordit dedans immédiatement.

— C'est délicieux ! s'exclama-t-elle avec gourmandise. Merci !

— Je me suis dit que nous pourrions ensuite passer la journée ensemble et dîner chez moi ? J'ai un très beau patio et une cave très fournie... Ça nous laisserait le temps de parler, de boire, et peut-être plus… ? proposa-t-il avec un sourire.

Elle le regarda avec perplexité, ne sachant pas jusqu'où il avait l'intention d'aller. Était-il en train de lui proposer de faire un autre essai après son échec de la veille ? Ou voulait-il simplement passer à nouveau du temps contre elle en évoquant le passé ? Quoi qu'il en soit, cela semblait tentant. Elle lui parlerait de ses craintes et de la culpabilité qu'il ressentait une autre fois ; cela ne valait pas la peine de gâcher une si belle journée avec des discussions trop sérieuses.

— C'est très tentant, répondit-elle. Mais tu es sûr que c'est une bonne idée ? Je t'ai beaucoup accaparé ces derniers jours ; tes associés du *Fix* vont finir par m'en vouloir, non ?

— Non, je ne crois pas, la rassura-t-il. Ils vont simplement se dire que je suis fou de toi et que je n'ai pas pris de vacances depuis très, très longtemps…

— C'est comme ça que tu me vois ? Des vacances ?

— Arrête ! Tu sais parfaitement que tu es bien plus que cela, la rassura Tyree en lui prenant la main, avec une sincérité qui lui fit chaud au cœur. En parlant de vacances, reprit-il, tu n'es pas trop déçue de ne pas être allée à Vancouver ?

— La seule chose que je regrette, c'est la fraîcheur ! plaisanta-t-elle. Mais je suis très contente d'être restée ici… Austin a pas mal d'arguments !

— Ah oui ? On peut savoir lesquels ? demanda-t-il en riant.

— Tu sais bien... Les bars, les beaux mecs qui font leur jogging, les tacos au petit-déjeuner...

Il l'arrêta pour l'embrasser, ne lui laissant pas le temps de terminer.

— C'est tout ?

— Ah non, en effet... Maintenant que tu m'y fais penser, il y a aussi un homme que j'aime...

Il rit et la prit dans ses bras.

Ils continuèrent ensuite leur balade autour du lac, discutant du bar, des enfants, du temps qu'il faisait...

— En tout cas, dit Eva plus sérieusement, je ne veux vraiment pas que ma présence ici t'empêche de travailler. Je sais que vous êtes en train d'essayer de sortir le *Fix* de ses difficultés et je ne veux pas être une entrave...

— Tu n'es pas une entrave, l'interrompit-il. J'adore être avec toi. Tu me fais du bien. J'ai le sentiment de me retrouver.

— Tu le penses vraiment ? lui demanda-t-elle en s'arrêtant et en le regardant dans les yeux.

— Oui. Vraiment...

— J'aime beaucoup entendre ça, répondit-elle avec un grand sourire.

— On retourne à la voiture ? proposa-t-il.

Elle acquiesça et ils rebroussèrent chemin.

— Je peux te poser une question ? demanda Eva après quelques mètres.

— Bien sûr...

— Pourquoi n'as-tu jamais essayé de me recontacter ? Je veux dire, je sais que tu m'as écrit et que je ne t'ai jamais répondu, puisque je n'ai jamais eu ces lettres. Mais pourquoi n'es-tu pas venu me chercher ? Tu aurais pu au moins venir me voir pour me demander pourquoi je ne te répondais pas...

— Je l'ai fait, lui avoua Tyree.

Les mots résonnèrent en elle avec une violence inouïe. C'était comme si le ciel lui tombait sur la tête. Incapable de prononcer un seul mot, elle le regarda en attendant la suite.

— Je t'ai vue avec David. Et avec Elena. J'ai cru qu'elle était de lui...

Elle s'arrêta, sonnée.

— Mais, pour cela, il aurait fallu que je sois avec David en même temps que toi, lui dit-elle avec stupéfaction.

— Je sais...

La douleur qu'il semblait ressentir la terrassa.

— Tyree... Toutes ces années, tu as pensé...

— Chut, l'interrompit-il en mettant un doigt sur ses lèvres. Tu es là maintenant. Le passé n'a plus d'importance.

SEIZE

Tyree se dit que c'était très différent d'être dans les coulisses en attendant d'être appelé sur scène, que de se tenir près du public en regardant les candidats défiler.

Tout bien considéré, il préférait être spectateur. Il se demanda ce qui lui avait pris d'accepter un tel défi, et se sentit ridicule. Il fallait vraiment qu'il soit fou pour ne pas avoir refusé catégoriquement de participer.

S'il était fou, c'était d'Eva. C'est pour elle qu'il avait accepté. Mais il était déterminé à lui faire payer. Il savait déjà comment il se vengerait, et des images d'Eva nue envahirent son esprit, de manière si vive qu'il rata son entrée sur scène.

— Vas-y ! lança Mina en le poussant.

Il arriva sur scène malgré lui, tandis que Beverly,

la maîtresse de cérémonie, était en train d'annoncer sa participation au public.

— Eh oui, les amis ! Nous avons enfin réussi ! Nous avons finalement convaincu le grand Tyree Johnson de participer au concours ! Comme la plupart d'entre vous le savent, Tyree est le propriétaire des lieux, et je peux vous dire qu'il a fallu de solides arguments pour le convaincre de monter sur scène. Mais il est là ! et je vous demande de l'applaudir alors qu'il s'apprête à nous dévoiler son corps de rêve !

Le public, majoritairement féminin, se mit à hurler et à applaudir. Que faisait-il là ? Pourquoi avait-il accepté ? Eva et Elena étaient près de lui, parmi la foule, et semblaient toutes deux particulièrement amusées. Il allait définitivement devoir se venger.

Il inspira profondément en pensant que maintenant il ne pouvait plus reculer. Finalement, des dizaines de gars l'avaient fait avant lui, dont plusieurs de ses employés. Et puis c'était pour le bien du *Fix*...

Prenant son courage à deux mains, il déboutonna sa chemise, la retira, et la jeta dans le public, déclenchant un tonnerre de cris et d'applaudissements.

Il fit quelques pas, montra son dos, puis rejoignit les autres candidats, aussi fous que lui. Il regarda Eva dans la foule qui lui souriait en faisant mine de s'éventer avec sa main tellement il lui donnait chaud.

Quant à Elena, elle avait sa main sur la bouche, se retenant d'éclater de rire.

Il se sentait ridicule, mais devait admettre qu'il trouvait finalement la situation assez amusante.

Il fut néanmoins rassuré en constatant qu'il ne restait qu'un seul concurrent après lui et qu'il n'aurait donc pas à rester trop longtemps à moitié nu sur scène. Car, même s'il trouvait l'expérience divertissante, il réalisait néanmoins qu'il était en train de révéler son intimité à tous ses clients, qui, certainement, ne le regarderaient plus jamais de la même façon, désormais.

Quel abruti d'avoir jeté ma chemise !

Pour se rassurer, il chercha à nouveau Eva du regard, mais elle avait disparu.

— Hey ! Beauté du siècle !

Il se retourna en reconnaissant la voix d'Eva qui l'appelait depuis les coulisses.

— J'ai quelque chose pour toi ! lui dit-elle en lui montrant un tee-shirt du *Fix*.

Soulagé, il la rejoignit et prit le tee-shirt qu'elle lui tendait.

— Je t'ai déjà dit à quel point je te trouve merveilleuse ? lui demanda-t-il en enfilant le tee-shirt.

— Oui, mais tu peux me le redire ! lui dit-elle en l'embrassant rapidement. Même si je dois bien avouer que c'est plus par égoïsme que par gentillesse que je t'ai apporté ce tee-shirt. Je n'avais pas envie que toutes ces filles découvrent à quel point tu es beau !

— Ne t'inquiète pas, lui dit-il en passant son bras autour de sa taille. Je ne suis l'homme que d'une seule femme...

— Hey ! vous deux... intervint Elena. Ça suffit !

— Tu as raison, répondit Tyree.

Mais au lieu de lâcher Eva, il la maintint contre lui et recula de quelques pas sur la scène jusqu'à ce que tous deux soient face au public. Alors, il l'embrassa fougueusement, sous les applaudissements et les félicitations du public.

— Je pense que désormais, tout le monde a compris que tu n'étais plus libre, plaisanta Eva lorsqu'il détacha ses lèvres des siennes.

— Tout à l'heure, je t'emmène au Driskill, lui murmura-t-il à l'oreille.

— Pas uniquement pour boire du champagne, j'espère...

— Troisième étage. Une chambre magnifique. Et la réception m'a assuré qu'il y aurait même un lit...

— Exactement ce qu'il nous faut !

— Exactement, confirma-t-il. Et pas d'autres chambres à côté avec des enfants dedans...

Justement, en parlant d'enfant, Tyree vit leur fille lui faire de grands signes depuis les coulisses. Il lui fallut du temps pour entendre ce qu'elle disait à cause du brouhaha ambiant.

— Tu as gagné ! Papa ! Tu as gagné !

Lorsqu'il l'entendit, il réalisa que sa photo allait être insérée sur un calendrier vendu à toutes les femmes de la ville, mais, surtout, que pour la première fois, sa fille l'avait appelé *papa*.

———

Il ne lui avait pas menti lorsqu'il lui avait dit que la chambre serait magnifique. C'était même plus que cela. Elle était presque luxueuse.

Mais ce n'était pas la chambre que Tyree trouvait magnifique.

Il n'avait d'yeux que pour Eva. Elle était devenue le centre de son monde. Son unique pensée. La seule chose qui le faisait vibrer et se sentir vivant.

Elle était à la fois la mère de sa fille, sa meilleure amie, et la femme dont il était éperdument amoureux.

Il avait envie d'elle. Terriblement envie d'elle. Alors qu'il la regardait admirer la chambre, elle lui fit penser à un après-midi de printemps, avec sa longue jupe à fleurs, son débardeur à fines bretelles, ses sandales plates, et son parfum fleuri.

— Au lit, Eva Anderson ! ordonna-t-il en s'approchant près d'elle.

— Je vois qu'on est autoritaire, dit-elle en se tournant vers lui et en le prenant dans ses bras.

— Je suis un dictateur ! renchérit-il en la soulevant et en l'amenant jusqu'au lit.

Il l'allongea, souleva sa jupe, et retira sa culotte. Il regarda un instant l'intérieur de ses cuisses avec avidité, puis embrassa doucement sa chatte. Gémissant, Eva glissa ses mains dans les cheveux de Tyree, aussi doux que la sensation de sa langue sur son clitoris.

Elle ferma les yeux et se concentra sur son plaisir. C'était à la fois romantique et sauvage. Elle sentait le désir que Tyree avait d'elle et cela l'excitait encore plus.

En effet, Tyree était dur. Pour la première fois depuis longtemps, il avait la sensation de redécouvrir l'envie, la véritable envie. Il avait envie d'elle, de son goût sucré, et de sa peau délicate. Il sentait Eva bouger délicatement au rythme de ses caresses et il dut lutter pour ne pas la pénétrer immédiatement. Il voulait avant tout faire durer l'instant, faire durer le plaisir, et laisser le temps à son désir, à celui d'Eva, de monter jusqu'au sommet.

Il tournait autour de son clitoris avec sa langue et sentait la tension que cela créait en elle. Et en lui.

N'y tenant plus, il retira son jean puis s'allongea sur elle, sa queue longue et raide entre ses cuisses. Il posa sa bouche sur la sienne et, avec son genou écarta un peu plus ses jambes. Doucement, il glissa un doigt jusqu'à son intimité, afin de vérifier qu'elle était prête, puis lentement, comme en découvrant la vie pour la première fois, il la pénétra. Il y avait si longtemps qu'il n'avait pas eu une telle sensation...

Lorsqu'il atteignit le fonds de son fourreau, il ressortit légèrement puis recommença, encore et encore, de plus en plus vite, jusqu'à ce que leurs corps frappent l'un contre l'autre dans une danse à la fois violente et douce.

Eva gémissait de plaisir ; il la sentait se contracter autour de lui. Il sentait qu'elle était sur le point de venir, ce qui fit naître en lui une vague de plaisir qui monta lentement, mais dont il savait qu'elle allait bientôt le submerger.

Il accéléra un peu, laissant la vague de plaisir monter toujours plus haut jusqu'à ce qu'enfin, dans un cri rauque, son corps se brise en même temps que celui d'Eva. Serrés l'un contre l'autre, ils se laissèrent bercer par la jouissance qui les enveloppait. C'était un mélange de joie, de plaisir, et de passion.

Eva.

Tyree réalisa à quel point elle comblait et illuminait sa vie. Tout en lui était désormais tourné vers elle. Elle l'habitait. Faisait de lui un homme entier. Enfin...

Il comprit alors qu'il ne pourrait jamais plus vivre sans elle.

Alors, le visage de Teiko réapparut. Il frissonna, tandis qu'un sentiment de culpabilité l'envahit, l'écrasa, même.

Il roula sur le côté et ferma les yeux, terrassé.

— Tyree ? demanda Eva, inquiète. Ça va ?

— Très bien, répondit-il froidement. Je suis juste…

Il ne savait pas quoi dire. Il ne savait pas lui-même ce qu'il était. Perdu ? Coupable ? Confus ? Pitoyable ? Il n'en savait rien. Absolument rien.

Bordel !

— Je suis désolé, dit-il en glissant du lit.

C'était tout ce qu'il put dire. Le mieux qu'il put faire.

Eva le supplia de s'arrêter, de rester, de lui expliquer, mais il ne put que se rhabiller sans la regarder et quitter la chambre, la laissant seule, perdue, effondrée dans cet hôtel qui, tout à coup, lui parut minable.

DIX-SEPT

— Je ne sais pas, maman, dit Elena, qui jouait nerveu-
sement avec son téléphone, en regardant sa mère
rassembler ses affaires. Je pense quand même que tu
te précipites un peu trop.

Eva était revenue à l'appartement au milieu de la
nuit, puis avait attendu qu'Elena rentre. Elles avaient
alors discuté jusqu'au petit matin, et Eva avait
expliqué à sa fille qu'elle devait retourner à San
Diego. Non seulement pour son entreprise dont elle
devait s'occuper, mais aussi parce que Tyree avait
besoin d'espace.

— Je ne dis pas que c'est fini. Je dis simplement
qu'il a besoin de temps pour faire le point.

— Alors, aide-le ! plaida Eva. C'est mon père, je
te rappelle...

Eva s'interrompit et regarda sa fille.

— Je sais, dit-elle en soupirant. Et je sais aussi que tu aimerais que tes parents soient de nouveau ensemble. Mais la vie n'est pas un conte de fées, ma chérie. Ton père a été marié et il aime sa femme, même si elle est morte. Cela ne signifie pas que nous ne nous aimons pas ; nous nous aimons infiniment. Mais c'est compliqué à gérer pour lui, et cela le sera encore plus tant que je serai ici.

— Moi j'ai plutôt l'impression que tu te dérobes, rétorqua Elena en faisant la moue.

— Je t'assure que non, insista Eva. Je n'ai aucune envie de partir. J'aime Tyree ! Je l'aime encore plus que lorsque nous étions jeunes, et je donnerais tout pour pouvoir rester ici, avec lui.

— Alors, reste ! répondit Elena, sur le point de pleurer.

— Non chérie. Je ne veux pas souffrir. Je me suis déjà imposé trop de choses dans le passé, je ne veux pas recommencer.

— Mais c'est papa !

— Oh, ma chérie... dit doucement Eva en s'approchant de sa fille. Quelle que soit l'issue de notre relation, une chose est certaine : Tyree sera toujours ton père.

Une larme coula sur la joue d'Elena et Eva s'assit à côté d'elle pour la prendre dans ses bras.

— Ma chérie, je suis désolée... Je dois y aller, dit-elle à contrecœur en embrassant sa fille sur le front.

Déterminée à aller au bout de sa décision, aussi difficile fût-elle, elle prit son sac et se dirigea vers la porte d'entrée.

Lorsqu'elle ouvrit la porte pour partir, Tyree se tenait sur le palier.

— Tu pars ? demanda-t-il.

— Oui. Nous savons tous les deux que c'est mieux ainsi, Tyree. Je ne suis pas en train de te quitter, j'espère que nous nous reverrons. Mais je pense que tu as besoin d'espace.

Tyree entra dans l'appartement et s'approcha d'elle, mais Eva se força à reculer. Elle avait peur de céder si elle restait trop près de lui.

— Ce n'est pas d'espace dont j'ai besoin, c'est de toi.

— Tu crois vraiment ?

— Eva... l'implora-t-il, comme si le simple fait qu'elle lui pose la question lui brisa le cœur.

— Écoute, Tyree, reprit-elle sans le laisser terminer, déterminée à ne pas céder. Si tu n'as pas besoin d'espace, moi si... J'ai besoin de temps. Je pense que nous avons tous les deux besoin de temps.

— S'il te plaît, Eva, lui dit-il en lui prenant la main, déclenchant en elle une vague de chaleur qu'elle aurait préféré ne pas ressentir. Je ne veux pas te perdre.

— Moi non plus je ne veux pas te perdre, Tyree, dit-elle d'un ton plus doux. Mais je ne veux pas souffrir.

Elle baissa le regard et expira pour se donner du courage et lui dire ce qu'elle avait vraiment sur le cœur.

— J'ai une vie et un travail que j'aime en Californie. Et je veux un homme qui m'aime. Un homme qui n'a pas peur de m'aimer complètement.

Elle le regarda et caressa sa joue.

— Je ne sais pas si cet homme, c'est toi ou pas, Tyree. J'aimerais le croire. Mais j'ai peur que tu ne t'autorises jamais à m'aimer. Pas complètement en tout cas. Car tu auras toujours l'impression de trahir Teiko. Pourtant, as-tu déjà pensé qu'il y avait peut-être de la place pour nous deux dans ton cœur ? Que tu pouvais m'aimer, moi, sans la trahir, elle ?

— Eva, s'il te plaît...

— Non, Tyree, insista-t-elle. Je suis désolée, mais je dois rentrer chez moi. Dis à Jenna que je l'appellerai. Je vous enverrai toutes les photos pour le calendrier par email, et je reviendrai pour prendre les autres vainqueurs en photo après l'élection de Mister Décembre. Quant aux photos du bar et des plats, Elena peut s'en charger. Elle est très douée. Je les reprendrai dans Photoshop pour elle.

Tyree ne l'écoutait pas. Il avait l'air abattu.

— Ne pars pas, je t'en prie, dit-il en se frottant un sourcil. Nous pouvons...

— Il n'y a pas de *nous*, le corrigea-t-elle doucement. Il ne peut pas y avoir de nous tant que tu n'auras pas réglé certaines choses...

Elle l'embrassa doucement sur la joue.

— Je t'aime. D'ailleurs, je n'ai jamais cessé de t'aimer et je t'aimerai toujours. Mais je dois partir.

DIX-HUIT

Austin comptait plus de deux millions de personnes, mais Tyree avait l'impression que la ville était déserte. Chaque jour sans Eva lui semblait plus vide que le précédent.

Alors qu'il regardait la foule des passants depuis la fenêtre principale du *Fix*, Tyree réalisa qu'à Austin ou ailleurs, sans Eva sa vie était creuse. Son absence était encore plus cruelle en ce samedi soir, alors que tout le monde sortait et se préparait à passer une bonne soirée.

Comme il le faisait au moins une cinquantaine de fois par jour ces derniers temps, il sortit son télé-phone. Mais, cette fois, il était décidé à l'appeler.

Il inspira profondément, puis, finalement, changea d'avis et composa le numéro d'Elena, qui répondit à la première sonnerie.

— Hey papa ! Ça va ?

— Très bien, mentit-il avec un sourire triste. Écoute, Eli est chez un ami, et comme ni toi ni moi ne travaillons au *Fix* ce soir, je me suis dit qu'on pourrait dîner ensemble ?

— Tu ne travailles pas ce soir ?

— Non, mentit-il à nouveau, en se disant que, si elle acceptait, il demanderait à Reece de le remplacer pour la soirée, et irait directement chez lui préparer quelque chose.

— Mouais, dit-elle d'un ton dubitatif. Papa ?

— Oui ?

— Retourne-toi.

Merde.

Il se retourna et vit sa fille qui lui faisait signe depuis une table, à l'autre bout du bar, où elle était en train de boire un verre avec Amanda, Nolan et Shelby.

— On dirait qu'on traîne dans les mêmes endroits quand on ne travaille pas, dit-il en riant.

Malgré la distance, il vit Elena rire en levant les yeux au ciel. Elle raccrocha, salua ses amis et se dirigea vers lui.

— Ça veut dire qu'on dîne tous les deux ? demanda-t-il en souriant.

— Je sais très bien que ce n'est pas avec moi que tu voudrais dîner, répondit-elle en croisant les bras. Pourquoi ne l'appelles-tu pas ?

— Parce qu'elle a sa vie et que je ne veux pas la déranger.

— Je suis sûre que tu lui manques à elle aussi.

— Tu lui as parlé ? demanda-t-il immédiatement.

— Euh... oui, enfin disons que c'est ma mère ! lui rappela-t-elle en riant.

— Et ?

— Et tu le sais déjà ! Elle t'aime. Ce n'est pas elle le problème, papa. Quand elle m'a dit qu'elle voulait rentrer, je ne l'ai pas comprise. Mais nous en avons beaucoup parlé depuis, quand je l'ai au téléphone, et elle a raison. C'est à toi de réagir !

Il regarda sa fille et pensa qu'elle avait malheureusement raison.

— Je suis désolée, papa, reprit-elle en l'embrassant sur la joue. J'ai déjà un dîner de prévu ce soir. Et puis, honnêtement, je pense que tu as besoin d'être seul et de faire le point avec toi-même. Tu es en train de tourner le dos au bonheur. Mais ne t'attends pas à ce qu'on te considère comme un martyr. Tu as plutôt l'air ridicule en réalité.

— Tu es dure, dit-il, touché par ses mots.

— Peut-être. Mais je pense surtout que je suis réaliste, répondit-elle en haussant les épaules.

Lorsqu'Eli rentra, Tyree était en train de somnoler sur le canapé. Ces derniers temps, c'était tout ce dont il était capable : oublier, soit dans le sommeil, soit dans le travail. En dehors, il se sentait perdu.

— Tu ne travaillais pas ce soir ? s'étonna Eli en découvrant son père en train de se frotter les yeux sur le canapé.

Sa barbe, qu'il ne prenait plus la peine de raser depuis quelques jours, lui donnait l'air d'un sauvage.

— Tu commences vraiment à faire pitié, papa, dit Eli en s'asseyant devant lui, sur la table basse.

— Je suis moi aussi très heureux de voir, répondit Tyree avec ironie.

— Au moins, tu as toujours ton sens de l'humour...

Tyree ne répondit rien. En réalité, il n'était pas sûr d'avoir toujours le sens de l'humour.

— Elena est venue me chercher après l'école, aujourd'hui, déclara Eli. Nous sommes allés chez Starbucks.

— Super ! c'était bien ? demanda Tyree d'une voix morne.

— Apparemment, mieux que ta soirée merdique, rétorqua Eli.

— Eli... surveille ton langage !

— Merde, putain, fait chier, bordel !

— Non, mais ça ne va pas ? Qu'est-ce qui te prend ? s'insurgea Tyree en ouvrant grand les yeux.

— C'est exactement la question que je me pose ! s'exclama Eli. Qu'est-ce qui *te* prend ?

Tyree expira lentement.

— Je suis désolé, chéri. Je ne vais pas très bien en

ce moment, mais ça va passer. Parfois, dans la vie, on a besoin de temps pour soi.

— Elena dit que tu as besoin d'un bon coup de pied aux fesses.

La remarque le fit de sourire.

— Bon, on a qu'à dire qu'on n'écoute pas les conseils de ta sœur pour quelques jours, même s'ils sont bons, d'accord ? proposa-t-il.

— Tu te souviens de la dernière fois que nous sommes allés sur la tombe de maman ?

Tyree regarda son fils avec étonnement, surpris qu'il évoque sa mère aussi spontanément, lui qui était d'ordinaire si réservé à son sujet.

— Bien sûr. C'était le septième anniversaire de sa mort, répondit Tyree.

— Eh bien, c'était la dernière ! C'est terminé maintenant ! lança Eli avec véhémence.

Tyree ne comprenait rien. Il ne reconnaissait pas son fils.

— Eli, qu'est-ce que tu racontes ?

— Les anniversaires servent à faire la fête. Et je ne veux pas faire la fête pour la mort de ma mère. Je ne le ferai plus !

— Eli, écoute...

— Non ! Toi, écoute-moi ! l'interrompit Eli. Je n'irai plus au cimetière. Pas comme ça en tout cas, pas comme si c'était un rituel.

— Fais attention, Eli, dit Tyree d'un ton menaçant, sentant ses nerfs prêts à lâcher. Tu t'aventures sur un terrain glissant...

— Papa, je suis désolé, mais je ne pense pas que maman aurait aimé que l'on vive ainsi. Elle me manque tous les jours, ajouta-t-il en pleurant. Je n'ai pas besoin d'aller sur sa tombe pour penser à elle ! Et tu sais quoi ? Elle détesterait qu'on aille sur sa tombe aussi souvent.

Sa voix se brisa et il s'interrompit un instant.

— Si elle était encore là, reprit-il, elle me dirait que je gâche ma vie pour une vie qui n'existe plus. Et elle voudrait que j'arrête. Comme pour mon jean !

Alors que Tyree était sur le point d'exploser, cette référence au jean, qu'il ne comprenait pas, fit diversion et le calma instantanément.

— Ton jean ?

— Oui, rappelle-toi ! La dernière fois, tu m'as dit que maman s'en fichait de ce que je porte, tu te souviens ? Et tu avais raison. Elle se fiche de ce que nous portons, papa. Elle veut juste que nous soyons heureux.

Tyree baissa les yeux et lutta contre son envie de pleurer.

— Tu n'es pas heureux, papa, conclut Eli.

Tyree fut alors incapable de retenir ses larmes plus longtemps. Il regarda son fils d'un air désolé.

— Ce n'est pas à cause de toi, mon chéri, tu le sais ? Tu es la meilleure chose qui me soit arrivée dans la vie. Toi et Elena… dit-il en essuyant ses larmes.

— Je sais, papa, répondit Eli d'une voix plus douce. Et Elena aussi le sait. Mais franchement, papa… On voit bien qu'Eva compte aussi pour toi. Ça se voit comme le nez au milieu de la figure… D'ailleurs, je suis sûr que maman le voit aussi, et qu'elle le comprend.

Tyree se tut un instant, essayant de rassembler ses esprits. Les paroles de son fils lui firent l'effet d'un électrochoc. Tout lui paraissait flou, en mouvement, comme si ces certitudes étaient en train de disparaître pour laisser place à un monde nouveau.

Il prit une profonde inspiration et, soudain, tout lui parut limpide, calme, serein à nouveau. Il avait enfin l'impression de respirer.

— Tu sais quoi ? dit-il en levant les yeux vers Eli. Je pense que ta maman aurait aimé Eva.

Eli regarda son père comme s'il le retrouvait après une longue absence, avec le regard heureux et un large sourire.

— Moi aussi je le pense, confirma-t-il.

Tyree pensa alors à Eva. À sa vie à San Diego. À ce qu'il devait lui dire pour lui prouver qu'il avait enfin compris, qu'il avait changé. Qu'il l'aimait, infiniment et sans réserve ! Qu'il ne l'abandonnerait jamais ! Il devait lui dire tout cela ; quel qu'en soit le prix, et, quel qu'en soit le temps – il était déterminé à la récupérer.

— Tu te souviens de ce que tu m'as dit la première fois qu'Eva et Elena sont venues dîner à la maison ? demanda-t-il à Eli avec une joie impatiente. Que tu adorerais vivre en Californie ?

— Bien sûr que je m'en souviens ! répondit Eli avec le même enthousiasme que celui de son père.

Tyree ne répondit rien, mais regarda son fils avec un sourire qui en disait long sur ses projets.

— Tu vas aller la voir, alors ? demanda Eli.

— Oui, je crois !

Il se tourna vers Eli. Il le trouvait changé, comme s'il avait grandi d'un seul coup, comme le printemps qui fait son apparition du jour au lendemain.

— Je ne savais pas que tu étais si intelligent, lui dit-il en plaisantant.

— Je dois tenir ça de maman, répondit Eli en souriant. Parce que toi, tu peux vraiment être idiot !

DIX-NEUF

En regardant son programme pour la journée, Eva
fut soulagée de découvrir qu'il n'était pas trop chargé.
Depuis son retour d'Austin, elle avait beaucoup de
mal à se concentrer et à travailler efficacement.

Heureusement, Marianne avait pris les choses en
main. C'est elle qui gérait le carnet de commandes,
les séances basiques pour leurs clients réguliers, et la
retouche des photos des derniers mariages. Eva
l'avait formé à Photoshop quelques années auparavant, et, aujourd'hui, elle s'en félicitait.

Les yeux rivés sur son écran d'ordinateur, elle
essayait de faire le point sur ses engagements pour
organiser son calendrier. Elle avait eu Jenna au téléphone la veille, et elles avaient convenu qu'Eva irait à
Austin dans le courant du mois de juillet pour un
shooting de deux jours, puis à nouveau après l'élection de Mister Octobre. Cela leur laisserait le temps

de finaliser le calendrier et de l'envoyer chez l'imprimeur avant fin décembre, pour qu'il soit prêt à être vendu en janvier.

Mais ce voyage à Austin, en juillet, commençait déjà à l'angoisser. Elle n'avait eu aucune nouvelle de Tyree depuis qu'elle était partie, et elle se demandait parfois si elle n'avait pas été trop loin. Il avait tellement aimé Teiko... Sa mort avait dû l'anéantir. Peut-être aurait-elle dû faire montre de davantage de patience ? Mais, en même temps, elle ne pouvait vivre avec un homme qui avait sans arrêt l'impression de trahir sa femme décédée.

C'était la seule solution, se dit-elle.

Même si c'était la solution la plus douloureuse pour elle...

Elle fut tirée de ses pensées par Marianna qui arriva au studio avec deux cafés au lait de chez Starbucks, et poussa un soupir de soulagement. Elle avait définitivement besoin d'une pause.

— Je t'adore tellement ! lança-t-elle à son amie avec un large sourire. J'ai absolument besoin d'un café... Je ne sais pas ce que je ferais sans toi.

— Euh... rien ! rétorqua Marianne en riant.

Soudain, son cœur se mit à battre à toute allure et elle faillit s'évanouir lorsqu'elle vit Tyree qui apparut dans l'embrasure de la porte.

— Je... euh... Que fais-tu ici ? balbutia-t-elle. Et comment es-tu entré ?

— Elena m'a donné le code, répondit-il. Mais ça

va ? On dirait que tu n'es pas contente de me voir.

— Si ! Si ! bien sûr. Je... je suis surprise, voilà tout. Qu'est-ce que tu fais là ?

— Tu veux la version longue ou courte ?

— Disons la courte ?

— Je t'aime, dit-il. J'ai besoin de toi. Et j'ai enfin réglé mes problèmes, dit-il de but en blanc.

Elena le regardait avec un sourire béat, les mots de Tyree glissant sur elle comme une caresse.

— Oh... répondit-elle simplement, des papillons dans le ventre. Et la version longue ?

— Je ne veux pas te perdre. Je suis prêt à tout pour te le prouver et te garder près de moi. Je suis même prêt à venir vivre à San Diego si tu as besoin de temps, ou si tu ne veux pas laisser ta maison et ton travail. J'ai déjà perdu une femme que j'aimais, Eva. Je ne veux pas en perdre une deuxième. Et, surtout, je ne veux plus me sentir coupable de t'aimer. Ce n'est pas juste pour toi, et ce n'est pas juste pour Teiko.

— Pas juste pour elle ? demanda-t-elle, intriguée.

— Parce que c'était une femme bien, et que je sais qu'elle voudrait que je sois heureux, répondit-il.

— Je crois que je l'aurais beaucoup aimée, dit Eva avec tendresse.

— J'en suis sûr. Mais c'est mon passé. Et même si je ne l'oubliais jamais, je sais que je dois continuer de vivre. Avec toi. C'est toi mon avenir...

Eva fit le tour de son bureau et s'approcha de lui.

Elle avait envie de l'embrasser et de le serrer contre elle, mais elle se réfréna. Elle voulait d'abord que tout soit parfaitement clair.

— J'adorerais être ton avenir, Tyree, lui dit-elle en lui prenant les mains. Mais il y a plusieurs paramètres. Tu m'aimes, tu aimes Teiko, et tu aimes le *Fix*...

— Le *Fix*... répéta-t-il simplement, réalisant qu'il n'y avait pas tellement pensé, en réalité.

— Je t'ai dit que je ne m'attendrais jamais à ce que tu cesses d'aimer Teiko. Et tu as plutôt intérêt à ne pas cesser de m'aimer moi non plus. Mais, de la même manière, je ne te demande pas non plus de cesser d'aimer le *Fix*. Je sais à quel point ce bar est important pour toi...

— Mais tu serais prête à quitter San Diego pour venir vivre à Austin ?

— Si tu me le demandes, oui, acquiesça-t-elle. Tu ne peux pas prendre le *Fix* sous le bras, alors que moi, il me suffit de prendre mon appareil photo, et je peux travailler n'importe où. Et puis, il y a Marianne, ajouta-t-elle en se tournant vers son amie. Elle pourrait gérer le bureau ici, et je viendrais de temps en temps lorsque cela sera nécessaire. Ça va même nous permettre de développer notre activité ! Et puis, n'oublie pas qu'il y a ma fille à Austin !

— D'accord, d'accord, dit-il en riant. Tu as gagné ! Même si Eli risque d'être déçu.

Eva l'interrogea du regard.

— Je crois qu'il aurait adoré vivre ici et apprendre le surf. Mais il s'en remettra.

— Donc, Austin ? demanda Eva comme pour sceller un accord.

Elle avait même hâte d'y retourner. Elena et les amis qu'elle s'était faits au *Fix* lui manquaient plus qu'elle ne l'aurait imaginé. Bien sûr, Marianne restait sa meilleure amie et elle était triste de la quitter, mais elle savait qu'elle reviendrait souvent la voir, et qu'elles se parleraient chaque jour au téléphone. Et puis, elle le savait, Marianne allait être enchantée de prendre la direction du studio de San Diego.

— Austin ! répondit Tyree. Mais dans quelques jours seulement.

— Ah bon ? demanda Eva, surprise.

— Oui, madame ! l'informa Tyree. J'ai très envie de passer quelques jours ici avec toi. Je veux visiter la région, marcher main dans la main avec la femme que j'aime, m'imprégner de cette ville... Et, surtout, je veux me souvenir de nous.

— Nous... répéta-t-elle avec un sourire. J'adore cette idée.

— Moi aussi, dit-il.

Ils s'embrassèrent. Un long et doux baiser rempli de passion et de promesses. Un baiser qui scella le passé et leur ouvrit la porte sur l'avenir.

Leur avenir.

Désormais, ils seraient ensemble. Désormais, ils seraient une famille.

ÉPILOGUE

Megan Clark faisait les cent pas dans le hall de PCM Enterprises, toujours incapable de croire qu'elle avait pu commettre une telle erreur. Le pire, c'était qu'elle ne pouvait s'en prendre qu'à elle-même.

Et cette imbécile d'assistante chez Parker Manning.

Mais non, elle n'avait pas le droit d'accuser cette pauvre fille. C'était son projet, son bébé, et elle était l'unique responsable de l'erreur qui avait été commise.

La seule chose qui lui importait, désormais, c'était de prouver à l'équipe du *Fix* que Jenna ne s'était pas trompée en l'embauchant. Qu'elle avait un cerveau et qu'elle pouvait aider de différentes manières, même si, ce qui lui plaisait surtout, c'était le marketing ! Elle était d'ailleurs très fière d'être l'assistante de Jenna, d'autant plus qu'elle savait que le

Fix avait un budget serré et que les places étaient chères.

C'était elle qui avait eu l'idée de faire la publicité de tous les participants à l'élection de l'homme du mois, et pas simplement du vainqueur. Elle savait que les gens – en particulier la gent féminine – adoraient découvrir à l'avance qui allait concourir, et que cela augmenterait la publicité du bar.

Et c'était également elle qui avait suggéré de mettre la barre plus haut pour les participants. Bien sûr, la plupart des gars qui s'inscrivaient au concours jusque-là étaient de véritables canons, mais ils n'étaient pas connus et attiraient donc peu l'attention. Or, si le bar pouvait avoir des célébrités parmi les concurrents, comme des personnalités de la télévision ou des dirigeants de grandes entreprises, cela serait évidemment un plus pour la réputation du *Fix*. Surtout s'il s'agissait de personnes qui étaient des stars des réseaux sociaux.

C'était justement le cas de Parker Manning.

Issu d'une riche famille texane, il avait vécu à Los Angeles pendant plusieurs années, et était sorti avec des actrices célèbres, faisant souvent la une des magazines. Là-bas, il avait créé deux entreprises grâce auxquelles il avait fait fortune en les revendant une fois qu'elles furent suffisamment développées. La rumeur disait qu'il avait triplé sa fortune en l'espace de seulement un an, sachant que sa fortune initiale était déjà colossale.

Tout le monde au *Fix* s'accordait pour dire que ce serait une chance incroyable de l'avoir parmi les participants au concours. Comme Megan avait évolué dans les mêmes cercles que lui à Los Angeles, elle avait assuré à Jenna qu'elle réussirait à le convaincre de s'inscrire.

En réalité, elle n'avait pas seulement évolué dans les mêmes cercles que lui ; elle l'avait souvent côtoyé. Une fois, il l'avait même invitée à dîner, lui faisant comprendre qu'il avait très envie d'aller plus loin avec elle. Elle avait été tentée, mais avait finalement décliné son invitation, découragée par sa réputation de coureur de jupons et de bourreau des cœurs.

C'était à peu près à cette période qu'elle avait commencé à sortir avec Carlton, qui lui avait clairement fait comprendre qu'il voulait s'engager avec elle et qu'elle lui appartenait.

Elle frissonna en se souvenant des mois qu'elle avait passés avec lui. C'était une période qu'elle était heureuse de savoir désormais derrière elle. Elle avait alors dû quitter Los Angeles, et était revenue vivre à Austin.

Lorsqu'elle avait revu Parker à Austin, la première fois, elle eut une drôle de sensation, comme si cela la ramenait à Los Angeles et aux mauvais moments qu'elle y avait vécus. C'était notamment pour cette raison qu'elle ne lui avait pas demandé directement de participer, mais qu'elle avait préféré passer par son assistante, laquelle lui avait répondu que Parker serait ravi de faire partie des concurrents du *Fix*, l'un des endroits les plus réputés de la ville.

Sauf que, comme Megan finit par le découvrir à ses dépens, l'assistante qui lui avait répondu, jeune et inexpérimentée, n'avait pas en fait consulté Parker. Or, Megan avait été suffisamment naïve pour croire que la réponse que la jeune fille lui avait donnée était celle de son patron. Elle n'avait donc pas demandé de confirmation écrite.

Si bien que Parker était désormais très en colère en découvrant sa photo placardée partout dans la ville et sur les réseaux sociaux sans avoir donné sa permission. Il avait donc demandé à Megan de venir pour lui expliquer ce qu'il s'était passé.

Elle était terrorisée et n'avait aucune idée de ce qu'elle allait pouvoir dire pour justifier la situation. Elle espérait qu'en plus de ses excuses, le fait qu'ils soient déjà croisés dans le passé faciliterait les choses.

— Madame Clark ?

En entendant son nom, Megan cessa de faire les cent pas et se retourna vers la réceptionniste – une jeune femme trop blonde et trop bien coiffée – qui sembla soulagée de ne plus la voir déambuler devant elle.

— Oui ?

— Monsieur Manning va vous recevoir. Si vous voulez bien me suivre ?

Megan inspira profondément, puis suivit la grande blonde tout en jambes jusqu'au bureau de

Parker, au bout du couloir. Lorsqu'elles arrivèrent et que la réceptionniste lui ouvrit la porte, Megan eut le souffle coupé par la vue imprenable sur la ville. Elle n'avait jamais vu de si près le Capitole et l'Université, derrière lesquels s'étendaient des rues et les maisons à perte de vue.

Mais, surtout, elle fut très intimidée par Parker. Appuyé contre son bureau, il était vêtu d'un costume gris clair qui semblait coûter plus cher que tout ce qu'elle gagnait en un an, voire deux.

Ses yeux rencontrèrent les siens, d'un bleu glacial qui, pourtant, dégageait une certaine chaleur.

— Madame Clark ! lança-t-il d'une voix grave et sensuelle. Il semblerait que nous ayons un petit problème...

— Je... euh... oui... balbutia-t-elle.

Elle était incapable de trouver ses mots et se sentait comme une idiote, totalement sous le charme de Parker qui la regardait de la tête aux pieds de manière si intense qu'elle eut le sentiment qu'il voyait son corps à travers sa robe noire.

— Heureusement, j'ai une solution, dit-il avec un sourire.

— Oh, tant... tant, tant mieux ! bégaya-t-elle. Laquelle ?

Il lui sourit, posant sur elle un regard de prédateur.

— Je pensais que tu avais compris, répondit-il.

Le fait qu'il l'ait tutoyée instaura immédiatement une atmosphère différente, qui la fit frissonner.

— Megan… je te veux.

Envie d'en découvrir plus ? Voici un extrait du prochain tome de la série *L'Homme du mois*…

Droit au but

Mister Juin

Chapitre 1

— Sept filles de mon cours de spinning, déclara Taylor, en se versant un verre de vin. *Sept !* Non, attends… j'en ai oublié une. Huit. *Huit* filles de mon cours de spinning ont pris un flyer et m'ont dit qu'elles viendraient à l'élection de mercredi. Chérie, tu es un génie ! Ou alors ça veut dire que Parker Manning est trop beau pour être vrai.

— Pourquoi l'un ou l'autre ? demanda Megan, fière d'entendre à quel point son opération marketing avait fonctionné. Je suis la reine de la com', *et* Parker est la perfection masculine incarnée. Je t'assure que cet homme est un orgasme sur pattes… Or, tu sais ce qu'on dit ?

— Que le sexe est le meilleur argument de vente ?

— Exactement ! confirma Megan.

Mercredi devait en effet avoir lieu l'élection de l'homme du mois, un concours de beauté masculin qui avait lieu deux fois par semaine et durant lequel des hommes – généralement torse nu – déambulaient sur la scène du *Fix* sous les applaudissements et les acclamations des clients du bar, dont la plupart étaient des femmes qui venaient parfois de loin pour assister à cet événement réputé d'Austin.

Dans trois jours seulement, le *Fix* aurait donc son Mister Juin. Megan, qui travaillait à la communication du bar avec Jenna, avait proposé de faire la promotion du concours, mais également des concurrents, qui, avait-elle expliqué, donneraient les flyers à leurs amis ainsi qu'à leur famille, ce qui ne manquerait pas d'attirer encore plus de monde. Surtout si les concurrents étaient des célébrités locales.

C'est ainsi que Megan avait eu l'accord de deux de ses patrons, Tyree et Jenna, de recruter des concurrents parmi les VIP de la ville. Elle était d'ailleurs en pourparlers avec Matthew Herrington, un propriétaire de plusieurs salles de gym locales, et avait déjà réussi à obtenir la participation de Parker Manning. Héritier d'une grande famille texane qui avait fait fortune dans le pétrole, Parker avait le visage d'une star de cinéma et le corps d'un dieu grec. Le genre d'homme que l'on ne voit en général que dans les publicités pour parfum et que toutes les filles ont envie d'avoir dans leur lit...

Elle ne l'avait jamais vu torse nu, mais ses costumes ajustés ne laissaient aucun doute sur le fait qu'il ferait monter la température dans le public dès qu'il apparaîtrait sur scène, mercredi.

Elle était particulièrement fière d'avoir réussi à le convaincre de participer, même si – elle devait l'admettre – cela n'avait pas été trop compliqué, surtout en raison du fait qu'ils se connaissaient déjà. Ils s'étaient rencontrés lorsque l'un et l'autre vivaient à Los Angeles. Megan était alors maquilleuse, et Parker fréquentait les mêmes cercles que certaines de ses clientes, et de son petit ami de l'époque, Carlton. Ils s'étaient croisés plusieurs fois, et Parker l'avait même invitée à dîner un soir – mais Megan venait juste de rompre avec Carlton et avait donc préféré refuser.

Lorsqu'elle apprit qu'il était revenu s'installer à Austin – et qu'il vivait d'ailleurs dans un immense appartement-terrasse à deux pas du *Fix* –, elle avait promis à ses collègues qu'elle le convaincrait de participer au concours.

Personne ne l'avait vraiment crue. Parker était certes très beau et avait la réputation d'aimer gagner, mais il n'aimait pas particulièrement être sous les feux de la rampe et était plutôt discret

— J'étais avec lui au lycée, lui avait dit Brooke Hamlin. Et je ne crois pas du tout qu'il acceptera de participer. Ce n'est pas qu'il soit timide, mais c'est le genre de type qui n'a jamais eu besoin de se mettre en avant.

Megan était d'ailleurs d'accord avec cela. En effet, lorsqu'elle avait rencontré Parker à plusieurs reprises, à Los Angeles, elle avait eu l'impression d'un homme à la fois froid et serein, qui n'avait pas besoin de prouver quoi que ce soit. C'était très prétentieux d'imaginer le convaincre d'avoir son visage placardé partout dans la ville...

Mais Megan s'était dit qu'elle n'avait rien à perdre, et qu'il serait peut-être sensible à l'idée d'aider un bar de la ville dans laquelle il vivait désormais et où il était né. Elle s'était donc jetée à l'eau.

Elle avait d'abord décidé de passer par son assistante, à qui elle avait demandé la permission d'utiliser l'une des photos de Parker trouvée sur Internet – une photo prise lors d'un gala de charité et sur laquelle il était absolument magnifique. Lors de sa conversation avec l'assistante, elle avait pris soin de glisser qu'elle avait connu Parker à Los Angeles. À sa grande surprise, alors qu'elle s'était attendue à ce qu'il ne prenne même pas la peine de répondre, Parker avait donné son accord dès le lendemain.

Lorsqu'elle apprit la nouvelle, Megan était chez elle, et avait passé une bonne heure à danser de joie, toute seule dans son appartement. Grâce à Parker, elle avait pu obtenir la participation d'autres hommes importants d'Austin, et faire imprimer les flyers en un temps record.

— S'il te reste des flyers, j'en emmènerai à la salle demain, dit Taylor.

Étudiante en art dramatique à l'Université du Texas, Taylor n'était pas seulement une habituée du *Fix sur la 6ᵉ Rue* ; elle y travaillait deux mercredis soir par mois, puisqu'elle gérait l'organisation de l'élection de l'homme du mois.

— Bien sûr ! répondit Megan avec enthousiasme.

D'un bond, elle se leva du canapé et alla chercher des flyers dans son bureau. En réalité, ce n'était pas vraiment *son* bureau : elle n'était que sous-locataire de l'appartement. Cette solution l'avait dépannée et, surtout, l'appartement ne lui coûtait presque rien, le locataire titulaire de bail lui ayant demandé de garder ses deux chats et ses nombreux poissons exotiques pendant les six mois où Megan resterait dans l'appartement.

Lorsqu'elle fut dans le bureau, elle réalisa que son stock de flyers avait diminué à toute vitesse : le premier carton de deux cents qu'elle avait commandé pour commencer était désormais presque vide. Elle alla donc chercher l'un des deux cartons que l'imprimeur venait de lui livrer, pour le donner à Taylor.

— Et voilà ! lança-t-elle à son amie en revenant dans le salon. Voilà de quoi tapisser la ville !

Taylor ouvrit le carton et, en découvrant la photo de Parker sur le flyer en haut de la pile, posa sa main dessus et ferma les yeux.

— Laisse-moi juste m'imprégner de sa beauté sauvage, gémit-elle avec une exagération ostentatoire.

— Tu sais que les autres ne sont pas mal non plus, répondit Megan en levant les yeux au ciel. Tu devrais au moins leur jeter un coup d'œil, suggéra-t-elle avec un clin d'œil.

— Parce que tu crois que je ne l'ai pas déjà fait ? s'exclama Taylor. Ils sont même carrément canons tu veux dire ! Mais il faut bien admettre que Parker est clairement au-dessus du lot... Il va faire gagner une fortune au *Fix* !

— Et tout ça grâce à moi, fit remarquer Megan avec une fierté non dissimulée.

Elle tendit à Taylor son verre, prit ensuite le sien, et trinqua avec son amie.

— En parlant de boire, intervint Taylor, nous devrions peut-être aller au *Fix*. Mina ne va pas tarder à nous y rejoindre...

Megan et Taylor s'étaient rencontrées au *Fix*, quelques semaines après que Megan s'était installée à Austin, à son retour de Los Angeles. Elles étaient immédiatement devenues très bonnes amies, et Taylor avait rapidement présenté Mina à Megan. Depuis, le trio passait beaucoup de temps ensemble, notamment à l'occasion de joggings.

— Si Mina vient, je ne pense pas que ça soit pour nous, ironisa Megan, faisant référence à Cameron, le petit ami de Mina qui était égale-ment le manager adjoint du *Fix* les soirs de week-end. Griffin devrait être ici, ajouta-t-elle. Il m'a dit qu'il voulait venir avec nous au *Fix* et nous avons convenu qu'il devait nous rejoindre ici. Il devrait déjà être là, conclut-elle en regardant sa montre.

— Mais c'est quoi cette histoire avec Griffin ? demanda Taylor d'un air suspicieux. Vous êtes ensemble ou pas ? Je suis sûre que vous couchez au moins ensemble...

— Pas du tout ! s'insurgea Megan. Nous sommes juste bons amis.

— Mouais... répondit-elle d'un air dubitatif.

Elle posa son verre et se leva pour aller prendre son sac à main.

— Écoute, je vais aller rejoindre Mina et vous nous retrouvez là-bas avec Griffin ? Ainsi vous aurez un petit moment tranquille, ajouta-t-elle avec un clin d'œil.

— Mais arrête ! Puisque je te dis que nous ne sortons pas ensemble ! Nous n'avons pas besoin de « *petits moments tranquilles* » ! fit-elle en imitant grossièrement Taylor.

— Il sait que je suis là ?

— Euh... non, pourquoi ?

— Parce qu'il ne me connaît pas vraiment et qu'il ne sera peut-être pas à l'aise en me voyant ? En plus, franchement Megan, ouvre les yeux : s'il veut te rejoindre ici, c'est qu'il espère passer un peu de temps avec toi avant d'aller au *Fix*, où il sait parfaitement que tout le monde ne va faire que regarder ses cicatrices.

— Pourquoi tout le monde devrait regarder ses cicatrices ? demanda Megan avec mauvaise foi.

Lorsqu'il était petit, Griffin avait eu un accident qui lui avait laissé de profondes cicatrices sur tout le côté droit du visage. Il était très complexé et Megan savait, au fond, qu'en dehors de sa famille, il n'y avait qu'avec elle qu'il se sentait bien.

Pourtant, elle avait dit la vérité à Taylor : il ne se passait rien entre Griffin et elle. Même si, lors de leur première rencontre, le courant était immédiatement passé entre eux, ils s'étaient très vite rendu compte l'un et l'autre – après un baiser maladroit – qu'il valait mieux qu'ils restent amis. Depuis, ils passaient effectivement beaucoup de temps, au point que beaucoup se demandaient si cette relation ne cachait pas quelque chose...

— D'accord, vas-y, finit par se résigner Megan en soupirant. Nous vous rejoindrons tout à l'heure.

Dès que Taylor fut partie, Megan monta à l'étage, et regarda par la fenêtre son amie marcher en direction de la sixième rue. Lorsque Taylor disparut de son champ de vision, Megan guetta l'arrivée de Griffin au volant de la vieille Mustang qu'il était en train de restaurer.

Elle ne comprenait pas qu'il ne soit pas déjà arrivé. Ce n'était pas dans ses habitudes d'être en retard... Inquiète, elle prit son téléphone pour lui envoyer un texto et lui demander ce qu'il faisait, lorsque la vue d'une voiture noire, de l'autre côté de la rue, la coupa dans son élan. Un frisson la parcourut alors qu'il lui sembla reconnaître la voiture...

Mais non, ce n'était pas possible. Elle couvrit ses yeux avec sa main et essaya de se calmer : elle devait arrêter d'être paranoïaque. Los Angeles était derrière elle désormais. Elle vivait à présent à Austin, une ville qu'elle connaissait, qu'elle aimait, et dans laquelle elle se sentait bien. Carlton, lui était resté à Los Angeles, elle le savait. Il était donc impossible qu'il soit en bas de chez elle. Elle se faisait des idées. Forcément...

On sonna à l'interphone.

Revenant à la réalité, elle prit profonde inspiration puis, elle alla décrocher le combiné.

— Salut ! lança Griffin. Tu es prête ou veux-tu que je monte ?

— Oui, monte, répondit-elle en appuyant sur le bouton pour ouvrir le portail.

Quelques secondes plus tard, Griffin frappa à sa porte.

— Désolée, je suis en retard, lança-t-elle en ouvrant la porte. Je dois encore me maquiller.

Elle portait un jean et un simple tee-shirt blanc, ce qui était peut-être un peu trop décontracté, mais elle n'avait aucune envie de se changer. De toute façon, personne ne ferait attention à sa tenue au *Fix* ;

il y avait toujours tellement de monde... Et puis les gens à Austin étaient beaucoup moins sophistiqués qu'à Los Angeles, ce qui lui convenait parfaitement.

— J'ai failli être à l'heure, lui dit-elle en se dirigeant vers sa salle de bain, mais Taylor est passée et on a bu un verre. Elle vient de partir, mais on doit la retrouver au *Fix*.

— Pourquoi' n'est-elle pas restée ? demanda Griffin en retirant son sweat à capuche.

— Elle croit que nous sommes ensemble ! répondit-elle en riant, se gardant bien de mentionner ses cicatrices.

— Ce serait un scoop ! Même moi je ne suis pas au courant, répondit-il en riant.

Megan se maquilla légèrement puis attacha ses cheveux en une queue de cheval afin de ne pas transpirer. Il faisait une chaleur écrasante à Austin, et cela impliquait quelques adaptations capillaires !

— La preuve que nous ne sortons pas ensemble, reprit-elle en revenant dans le salon où l'attendait Griffin, je suis habillée comme un sac !

— Je ne suis pas suffisamment classe pour que tu t'habilles ? demanda-t-il avec ironie.

— Cette *ville* n'est pas assez classe pour s'habiller. En même temps, je comprends. Il fait tellement chaud qu'on n'a pas envie de porter autre chose que des tee-shirts et des sandales. D'ailleurs, je crois que je ne vais pas draguer avant l'automne. Question de garde-robe ! conclut-elle en riant.

— Tu as raison. Pour ma part, j'ai décidé de ne pas draguer avant le prochain millénaire. Question de timidité... rétorqua-t-il.

— Griff... répondit-elle d'un air attendri. Franchement, je ne sais pas pourquoi tu es aussi timide. Avec moi, tu ne l'es pas pourtant ?

— Mais toi, c'est différent : tu es maquilleuse.

— Quoi ? lui demanda-t-elle, déconcertée. Je ne vois pas le rapport.

— Ce que je veux dire, c'est que toi, tu es habituée à voir les défauts des gens, sous leur maquillage. Tu as vu tellement de pores dilatés que mes cicatrices ne te gênent plus, répondit-il en remettant son sweat à capuche qui le dissimulait autant qu'il le protégeait. Mais la plupart des gens ne sont pas comme toi ; ils ne voient que mes cicatrices... Si je sors avec une fille...

— *Quand* tu sortiras avec une fille, le corrigea-t-elle.

— Quand je sortirai avec une fille, recommença-t-il, ce sera une fille qui, comme toi, sera capable de voir au-delà de mes cicatrices et qui m'aimera pour qui je suis vraiment.

— Il y a peut-être plus de filles que tu ne penses qui en seraient capables. Mais il faut que tu leur fasses confiance, et que tu *te* fasses confiance.

— Oui, tu as peut-être raison, dit-il en haussant les épaules. Peut-être que je me cache derrière mes cicatrices parce que je ne suis tout simplement pas prêt ?

Il avait sûrement raison, pensa Megan, mais elle décida de ne pas insister pour ne pas l'accabler. Elle espérait sincèrement qu'il finirait par rencontrer une fille bien. Griffin était drôle, intelligent, et talentueux. Il gagnait sa vie comme doubleur, mais avait lancé un podcast qui était de plus en plus écouté, et une web série qui était immédiatement devenue très populaire. Megan était impressionnée par sa réussite.

Mais, en même temps, elle savait que cela lui demandait énormément de travail et elle craignait qu'il ne s'enferme dans celui-ci, au détriment de sa vie personnelle.

Cela dit, elle n'avait pas de leçon à lui donner dans ce domaine. Elle n'avait pas eu d'histoire avec un homme depuis son retour de Los Angeles. Et, honnêtement, après sa relation avec Carlton, elle n'était pas près de retomber dans le panneau !

Ce n'était pas qu'elle voulait à tout prix rester célibataire. Contrairement à Griffin, elle avait eu quelques aventures depuis qu'elle était à Austin. Mais c'était plus pour rompre sa solitude, ou – si elle était honnête – pour assouvir sa libido. Mais ça n'avait jamais été des relations, loin de là ! D'ailleurs, elle n'avait même encore jamais passé une nuit entière avec un homme, depuis qu'elle vivait ici. Alors ouvrir son cœur... il n'en était pas question. En tout cas pas pour l'instant.

Ils quittèrent l'appartement de Megan, et se dirigèrent vers le portail de la résidence. L'immeuble dans lequel elle sous-louait son appartement appartenait à un groupe de constructions qui, avant d'être transformées en habitations, étaient d'anciens entrepôts. Le tout avait gardé un style moderne qui plaisait beaucoup à Megan.

— Tu sais quoi ? dit-elle lorsqu'ils arrivèrent au niveau de la sixième rue. Peut-être qu'on devrait se jeter à l'eau et se marier ? plaisanta-t-elle.

— Ça me va, répondit Griffin sur le même ton badin. Disons que si nous sommes tous les deux encore célibataires au moment de la retraite, on se marie ? Ça te va ?

— D'accord ! répondit-elle avec enthousiasme.

Chaque fois qu'elle était avec Griffin, elle se sentait bien. Grâce à lui, elle ne ressentait plus l'angoisse qu'elle avait depuis qu'elle avait cru voir la voiture de Carlton avant que Griffin n'arrive.

Son moral s'améliora encore davantage lorsqu'ils arrivèrent devant le *Fix*. Ce bar était pour elle comme sa deuxième maison et elle était ravie à l'idée d'y passer la soirée.

L'endroit était étonnamment bondé pour un dimanche soir.

— J'ai l'impression que tes opérations de com' ont bien marché ! dit Griffin en se penchant vers Megan. C'est sûrement bien pour le bar, mais on ne s'entend plus ! ajouta-t-il.

Elle savait exactement ce que Griffin voulait dire. Tyree, qui avait créé le bar, avait récemment annoncé à l'équipe que le *Fix* rencontrait d'importantes difficultés financières et que, à moins que les caisses ne soient renflouées rapidement, il allait devoir fermer l'établissement. C'est pour cette raison que l'élection de l'homme du mois avait été organisée, et que Megan avait été embauchée pour faire la promotion de l'événement. Plus il y avait de monde, plus les bénéfices étaient importants, et moins le *Fix* risquait de fermer.

Néanmoins, Megan espérait que cette popularité soudaine ne mettrait pas à mal l'ambiance chaleureuse qui avait fait la réputation du *Fix*. Les gens aimaient le *Fix*, car ils savaient qu'ils y rencontraient toujours des gens qu'ils connaissaient. Or, ce soir-là, il y avait tellement de monde qu'elle avait l'impression de ne plus connaître personne.

Pourtant il fallait croire que la situation n'était pas encore trop grave puisque Griffin et elle trouvèrent deux tabourets libres au bar sans problème, et que, en plus, Cameron leur servit leur cocktail habituel presque immédiatement après qu'ils s'étaient assis, avant même qu'ils ne passent commande.

— Vous voulez quelque chose à manger ? leur demanda Cameron en déposant leur verre devant eux. Des œufs mimosas, peut-être, comme d'habitude ?

En plus d'être étudiant à l'Université du Texas,

Cameron avait récemment été promu manager adjoint du *Fix* du vendredi au dimanche. Megan se dit que sa nomination à ce poste était méritée ; elle était impressionnée par le fait qu'il se souvienne aussi facilement des boissons et des plats préférés de tous les clients.

En plus, il était plutôt pas mal, pensa-t-elle tandis qu'il la regardait en attendant sa réponse. D'ailleurs, il avait récemment remporté l'élection de Mister Mars et figurerait dans le calendrier qui était en cours d'élaboration. Cela rappela à Megan qu'elle avait bientôt une réunion avec Eva Anderson, la fiancée de Tyree, qui était aussi la photographe officielle du calendrier et du bar.

— Dieu merci vous êtes là ! s'exclama Taylor en se glissant entre Griffin et Megan, les empêchant ainsi de commander quelque chose à manger.

Taylor était accompagnée de Brooke Hamlin, une star de la télé-réalité qui, depuis, présentait une émission de rénovation et de décoration d'intérieur, dont le prochain numéro était consacré au *Fix*. L'émission était en cours de montage, et devait être diffusée dans le courant du mois d'août. Megan avait hâte, car elle savait que la clientèle augmenterait une fois que le *Fix* serait passé à la télévision.

— Que se passe-t-il ? s'enquit Megan en voyant le visage affolé de Taylor.

— Je ne sais pas exactement, mais cela ne sent pas bon, répondit Taylor, paniquée.

— Qu'est-ce que tu racontes ? demanda Megan
en fronçant les sourcils.

— Le flyer, intervint Brooke. J'ai entendu Jenna
et Reece en parler ; je n'ai pas tout compris, mais,
tout ce que je sais, c'est qu'il y a quelque chose qui ne
va pas…

— Quoi ? C'est impossible ! s'exclama Megan.

Elle baissa les yeux sur le flyer que Taylor avait à
la main et dont elle était si fière, et se demanda ce qui
pouvait bien se passer.

— Ce n'est sûrement pas grand-chose, tenta de la
rassurer Griffin.

Il était assis à sa droite, comme il le faisait chaque
fois, car cela lui permettait de dissimuler ses cicatrices lorsqu'il était de profil.

— Ne t'inquiète pas, renchérit-il en lui prenant la
main. Quel problème peut-il y avoir de toute façon ?

Mais l'inquiétude de Megan ne fit qu'augmenter
lorsque Jenna accourut vers elle à son tour.

— Je suis tellement contente que tu sois là !
lança-t-elle en arrivant, à la fois soulagée de trouver
Megan, et inquiète à cause de quelque chose que
Megan ne comprenait toujours pas. J'allais justement
t'appeler ; Tyree et moi avons vraiment besoin de te
parler. Maintenant, insista-t-elle.

Megan jeta un coup d'œil à Griffin qui avait l'air
aussi désemparé qu'elle, mais la posa sur elle un
regard rassurant.

— Euh… oui, d'accord, balbutia Megan. Mais c'est à quel sujet ?

— Parker Manning, répondit Jenna d'un air grave. Il a vu sa photo sur le flyer, et il est furieux !

Droit au but
Mister Juin

NOS BELLES ERREURS

UN EXTRAIT

je suis complètement foutu.

Cette pensée tourne en boucle dans ma tête et j'essaie de la repousser. De l'étouffer. De la faire taire. Parce que ce n'est vraiment pas le genre de pensées qu'un homme a envie d'entendre alors qu'il a sa langue dans la bouche d'une femme. Ni quand son petit corps chaud se presse contre lui. Ni quand sa queue est plus dure qu'il l'aurait cru possible et qu'il n'a qu'une seule envie, remonter les mains sur ses cuisses et sous sa jupe avant d'arracher sa culotte et se laisser chevaucher jusqu'à voir trente-six chandelles.

Mais cette pensée menace : *Foutu. Totalement, complètement, à cent pour cent... foutu.*

Parce que cette femme m'est interdite. Et plutôt deux fois qu'une. Aucune excuse possible. Zone gardée.

Bien sûr, si quelqu'un nous regardait, il ne s'en rendrait pas compte en ce moment. J'ai la main sur sa poitrine et elle se cambre. Entre mon pouce et mon index, je titille son téton tandis qu'elle se mordille la lèvre inférieure, émettant ces petits gémissements plaintifs qui me rendaient fou autrefois.

Apparemment, c'est encore le cas.

J'ai déjà dit que j'étais foutu ?

J'interromps le baiser, conscient que nous avons tous deux besoin de respirer, sans quoi je finirai par la baiser ici, contre la machine à laver. Le parfum de l'adoucissant se mêlera à l'odeur de sexe et de désir pendant que je la prendrai avec fougue, comme je rêve de le faire. Comme je sais qu'*elle* aussi rêve de le faire.

— Connor, *s'il te plaît*.

Mon prénom est une supplication sur ses lèvres et, pauvre de moi, je cède et prends sa bouche. Je suis prêt à tout pour voler encore quelques instants de bonheur éphémère.

— Oh, c'est bon, *oui*, murmure-t-elle en crispant les doigts dans mes cheveux.

Elle me grimpe presque dessus, relâchant son étreinte juste assez longtemps pour poser les fesses sur le couvercle de la machine à laver, refermant les jambes autour de ma taille.

Je passe une main sur sa nuque, mais l'autre reste posée sur la peau douce de sa cuisse. En ouvrant les yeux un instant, je vois que sa jupe est soulevée, révélant le tissu rose de sa culotte, où une tache sombre m'indique à quel point elle est humide.

Je gémis – cette femme pourrait-elle me torturer encore plus ? – et me retiens de glisser le doigt sur sa cuisse, en dépit de mon idée fixe : la sentir nue sous mon corps, son sexe chaud et moite, serré quand je la pénètre.

Je me rappelle la façon dont elle se mord la lèvre inférieure au moment de jouir, dont son corps se contracte autour de moi comme si elle pouvait me faire éclater telle une cerise trop mûre.

Je me rappelle ces instants de délice lorsque j'explosais en elle, puis la serrais contre moi pour inspirer le parfum frais et propre de ses cheveux tandis que nous sombrions dans le sommeil, sa peau chaude et souple contre moi.

Oh, bon sang...

Je ne suis pas seulement foutu. Je suis baisé. Complètement et intégralement baisé.

Parce que cette femme est la petite sœur de mon meilleur ami.

Et ce n'est pas tout, elle est aussi responsable administrative pour la société que je possède avec Pierce et mon frère. Imaginez la situation gênante lundi matin au bureau...

Mais la véritable cerise sur le gâteau, c'est qu'il s'agit de mon ex. La femme avec qui *j'ai* rompu. La fille que j'ai quittée pour une pléthore d'excellentes raisons, et notamment les quatorze années de différence d'âge que même nos corps-à-corps torrides ne pouvaient pas effacer.

Nous savions que l'attirance était toujours réelle, mais nous avions convenu que c'était terminé. Et depuis, nous avons su nous montrer plutôt matures à ce sujet.

Et voilà que je laisse deux martinis, un peu de champagne de fête et une dose généreuse de bourbon pur me conduire tout droit dans la buanderie, tout droit dans mon propre enfer au goût de paradis.

Je crois que c'est tout le dilemme du fruit défendu.

— Kerrie...

Avec douceur, je la repousse, mais une nouvelle bouffée de désir monte en moi quand je vois ses lèvres gonflées et la couleur sensuelle de ses joues.

— Juste une fois, chuchote-t-elle. Ensuite, on sort et on n'en reparle plus jamais.

Elle me prend la main et la passe sous sa jupe jusqu'à ce que mes doigts se retrouvent contre son sexe.

— S'il te plaît, Connor, murmure-t-elle. Pour le bon vieux temps ? J'ai tellement envie.

— On a dit qu'on ne...

Je n'ai pas le temps d'aller au bout de ma pensée, car elle pose sa main sur la mienne et écarte sa culotte. À présent, mes doigts sont sur sa vulve, son clitoris enflé et sensible sous mon index.

— Ne pense pas à nous. Dis-toi que c'est un service public. Et moi, je suis ton public conquis.

— Ils vont le savoir, dis-je.

Je sais très bien que l'orgasme la fera crier, et nos amis sont dans la pièce à côté, rassemblés dans le salon pour fêter les fiançailles de mon frère Cayden.

Mais je proteste uniquement pour la forme. Après tout, je reste un homme. Un homme capable de résister aux flots d'alcool qui submergent sa jugeote, peut-être, mais complètement impuissant devant cette furie. Et elle en est bien consciente.

Mon pouce s'active déjà sur son clitoris, mes doigts vont et viennent en elle. Si elle crie, elle devra étouffer elle-même le bruit, parce que j'ai trop envie de la goûter. Je dois m'assurer qu'elle est aussi bonne que dans mes souvenirs, même si je connais déjà la réponse. Comment pourrait-il en être autrement ? Après tout, cette femme est un véritable fruit défendu, et en me mettant à genoux, je n'ai qu'un seul désir, croquer une dernière bouchée de cette pomme.

— On ne devrait pas, murmuré-je.

Une dernière protestation bien futile et vaine.

— Je sais, répond-elle d'une voix tendue, éperdue. Je sais, répète-t-elle. Disons que c'est un autre adieu. Le dernier clou dans le cercueil. Je sais que c'est fini, tu l'as dit et je comprends. Mais pour l'instant, faisons semblant.

Je ne sais pas si je dois embrasser ces mots ou

m'en éloigner. Tout ce que je sais, c'est Kerrie. Tout ce que je connais, c'est ce besoin violent et intense.

Alors que mon frère jumeau et sa fiancée jouent les hôtes parfaits auprès de nos amis, je glisse mes paumes sur les cuisses de Kerrie et les écarte un peu plus. Puis, pour ce qui sera définitivement et catégoriquement la toute dernière fois, j'enfouis mon visage entre les jambes de cette femme qui, autrefois, m'appartenait tout entière.

BLACKWELL-LYON SÉCURITÉ
Nos adorables mensonges
Nos drôles de jeux
Nos belles erreurs
Nos plus beaux rôles

À PROPOS DE L'AUTEUR

J. Kenner (alias Julie Kenner) est une auteure de best-sellers internationaux figurant aux classements des journaux *New York Times*, *USA Today*, *Publishers Weekly* et *Wall Street Journal*. Elle a écrit plus d'une centaine de romans, de romans courts et de nouvelles dans toutes sortes de genres littéraires.

Selon *Publishers Weekly*, JK est une auteure qui a un « don pour le dialogue et la création de personnages excentriques », et le *RT Bookclub* estime qu'elle a su « répondre aux besoins du marché en créant des antihéros scandaleusement attirants et dominateurs, et des femmes qui fondent pour eux. » Six fois finaliste de la prestigieuse récompense RITA (*Romance Writers of America*), JK a remporté son premier trophée RITA en 2014 pour son roman *Claim Me* (tome 2 de sa trilogie *Stark*) et le second en 2017 pour son roman *Wicked Dirty*. Elle a vendu des millions de livres, publiés dans plus de vingt langues.

Au cours de sa précédente carrière, JK a exercé comme avocate en Californie du Sud et au Texas. Elle vit actuellement dans le centre du Texas, avec son mari, ses deux filles et deux chats plutôt lunatiques.

Visitez son site web www.juliekenner.com pour en savoir plus et pour entrer en contact avec JK sur les réseaux sociaux !

www.jkenner.com

www.ingramcontent.com/pod-product-compliance
Lightning Source LLC
Chambersburg PA
CBHW071249190726
48292CB00007B/2474